絕世狂人
절세
광인

目次

第二十章

개안(開眼)

絶世狂人

먼저 필요한 일을 하고 그다음 가능한 일을 하라. 그러면 어느 순간 불가능한 일을 할 수 있게 될 것이다.

— 프란치스코(San Francesco), 로마 수도사

* * *

"아함……."

하선향은 오늘도 지빈각 지붕 위에 쪼그리고 앉아 지나다니는 사람들을 구경하고 있었다. 하지만 이제는 그것

도 그다지 재미있지 않았다.

아니, 지루했다. 하품만 나올 만큼.

중대로를 가득 메우던 많은 사람들도, 대회 접수 마지막 날이 되자 거의 자취를 감추었다.

그저 무림맹을 구경하기 위해 들어온 구경꾼들 몇몇 정도만이 한산해진 접수처 근처를 서성일 뿐.

그래도 그녀는 자리를 뜨지 않고 손가락으로 무릎을 간질이며 중대로를 주시하고 있었다.

'오늘도 동광천 그 사람은 오지 않는 건가?'

아흐레 전 이 지붕 위에서 따악! 하고 마주친 사람이다.

그와의 만남이 신기했고, 재밌었기에 혹시나 그런 우연한 만남이 또 있을까 싶어 매일 이곳에 나왔지만, 그런 일은 더 이상 일어나지 않았다.

심지어 그 사람을 다시 만날 수조차 없었다.

사형들이랑 사저는 다른 구파의 사람들과 어울린다고 정신없이 바빴지만, 하선향은 구파나 사대세가 사람들에게 별 관심이 가지 않았다.

그들은 매번 똑같은 얘기에 지루한 말만 늘어놓기 일쑤였다.

이번 대회에 누가 참가했니, 누가 우승후보니, 그것도 아니면……

은근하게 훑어 대는 느끼한 눈빛들.

싫었다.

'그 남자는 안 그랬는데…….'

애초에 눈을 별로 보지 못했으니 그런지 안 그런지 알 수 없었지만, 아마도 그럴 것이란 느낌이 드는 남자였다.

그래서 어느 날부터인가 매일 이곳에서 웅크리고 앉아 중대로 쪽을 지켜보게 되었다.

강호보위단원들도 처음에는 그녀가 지붕 위에 올라가는 걸 무척이나 신경 쓰는 듯하더니, 이제는 그러려니 하는 모양이다. 아무도 그녀에게 신경을 쓰지 않았다.

그녀 또한 그들이 쳐다보건 말건 별 관심이 없었다. 하선향의 관심사는 오직 동광천이었다.

'분명히 대회 신청을 할 것 같았는데…….'

자기한테 접수 기간이랑 대회 날짜까지 물었었는데…….

혹시 그가 신청하러 온 시간대를 놓친 건 아닌가 하는 생각이 들었다. 식사를 할 때나, 생리적인 볼일을 볼 때 왔다 간 것이 아닐까 하는…….

아쉬웠다.

처음부터 사저를 따라다니지 말고 이곳에서 죽치고 있을걸…….

"대회 날이나 되면 다시 볼 수 있으련가?"

조금 쌀쌀해지는 꽃샘추위를 뚫고 그녀의 목소리가 하

얕게 얼어붙어 붉은 노을 속에 섞여 들어간다.

이제 곧 날이 완전히 저물고 천하청비무대회의 신청 접수는 끝이 날 것이다.

하선향은 자리에서 일어나 다시 한 번 기지개를 크게 켜고는 엉덩이를 톡톡 털었다. 숙소로 돌아갈 준비를 하는 것이었다.

그러면서도 그녀의 시선은 여전히 중대로를 향하고 있었다.

혹시나…….

오지 않을까?

"역시 오늘도…… 응?!"

역시라고 말하는 그 순간이었다.

그녀의 작은 손이 멈췄다. 그리고는 첫째 날 동광천과 북궁기가 사라졌던 중대로 옆쪽 길을 가리킨다.

"어? 나왔다……. 근데 왜 저렇게 많이 변했지, 저 사람?"

먼지투성이인 그녀의 손가락이 가리키는 곳에서 한 사람이 천천히 걸어 나오고 있었다.

그녀의 말마따나 동광천의 외양이 꽤나 많이 변해 있었다. 아마 계속해서 저 사람을 생각하고 있지 않았다면 못 알아볼 정도로.

'고작 아흐레가 지난 것뿐인데……?'

피골이 상접해 있었고 길게 자란 머리가 새하얗게 세

어 있었다. 그럼에도 특유의 그 허무한 모습은 그대로였고, 걸음에는 조금의 흔들림도 없었다.

팟.

그녀는 곧장 지붕을 박차고 날아 내렸다.

뭔가 하겠다고 생각하고 한 것은 아니었다. 그냥 그래야만 할 것 같은 마음이 든 순간 이미 그러고 있었다. 자신은 인지하지 못했지만.

"헥헥— 안녕…… 안녕하세요. 헤헤—"

하선향은 한달음에 그의 앞까지 달려왔다.

가까이서 보니 더욱 확실했다. 그가 맞았다. 비록 여러 가지가 바뀌어 있었지만, 어딘가 말로 표현하기 힘든 신이(神異)한 분위기를 풍기는 그 남자, 바로 동광천이었다.

"반갑소."

맞다. 이 목소리. 너무 평범해서 또한 신비한 음성.

"휴— 선향, 하선향이에요."

생각해 보니 그의 이름은 들었었지만, 자기 이름은 알려 주지 않았다는 걸 기억해 낸 그녀가 숨을 가다듬으며 말했다.

"근데 왜 그렇게 변하셨어요?"

"나도 모르오."

그녀의 이어지는 말에 동광천이 아무렇지 않은 듯이 대답했다.

"아, 그래요?"

아무래도 좋았다. 다른 이들과 달라서 좋았고…… 다시 만나서 좋았고, 그냥 좋았다. 이유는…….

중요하지 않아.

하선향은 초승달처럼 휘어지며 떨어지는 눈꼬리를 더 떨어뜨리며 말을 이어 갔다.

"근데 천하청비무대회 신청은 하셨어요?"

구 일 동안—날짜 수로는 십 일째— 그를 만났던 저 지붕 위에서 기다렸다는 말은 하지 않았다. 아무래도 부끄러웠으니까.

"아니요. 아직 하지 않았소. 혹, 이미 접수가 끝난 것은 아니오?"

그가 말했다.

"응? 아직 하지 않으셨어요? 그럼 얼른 해야 해요! 오늘이 마지막 신청일이거든요!"

하선향이 그렇게 말하며 부지불식간에 동광천의 손을 잡았다. 그러고는 냅다 임시신청각으로 쓰이는 건물 중 가장 가까운 극사전으로 치달렸다.

* * *

"하암— 다음."

이이점(李利粘)이 크게 하품을 하며 다음을 외쳤다.

열흘이나 이곳에 가만히 앉아 비무대회 접수 신청을 받았으니 지겨울 수밖에. 익숙해지니 더 넌더리가 난달까?

그나마 오늘이 마지막이라니까 버틸 수 있을 것 같았다.

"다음! 다음 없어?"

그는 입구의 무사에게 다시 소리쳤다.

무사가 잠시 바깥을 보며 이리저리 살펴보다가 이이점 쪽을 돌아보며 말했다.

"아무도 없습니다."

"후아― 드디어 끝난 건가?"

끝이라는 생각에 이이점이 크게 기지개를 켜며 일어나려던 그때였다.

"잠깐만요! 아직 한 명 더 남았어요!"

누군가 다급하게 소리치면서 전각 안으로 뛰어 들어왔다.

양의 뿔처럼 머리를 귀엽게 양옆으로 틀어 올린 젊은 소저였다. 거칠게 숨을 내쉬는 것을 보니 급하게 뛰어 온 것이 분명했다.

'음? 저 소저는?'

이이점은 그녀를 기억하고 있었다. 예쁜 것도 예쁜 것이지만, 그녀의 출신 문파 때문이었다.

화산파.

구대문파 중에서도 그 세가 아주 큰 문파였다. 그런 문파 소속 제자들 얼굴은 잘 기억해 두는 편이 좋았다. 언제 어느 때 좋은 인연으로 발전할지 모르는 일이었으니까 말이다.

하나, 그건 그거고 그녀가 지금 이곳에 나타날 이유는 없었다.

"아니, 소저는 며칠 전에 신청하셨지 않소? 아!"

그러나 그런 의문은 그리 오래가지 않았다.

하선향의 뒤를 이어 진짜 마지막 신청자가 전각 안으로 들어섰기 때문이었다.

동광천, 아니, 동봉수였다.

"신청하실 분은 이분이에요. 제가 아니라."

하선향은 그렇게 말하며 동봉수를 이끌고 이이점이 앉은 탁자로 빠르게 걸어왔다. 딴에는 성큼성큼 걷는다고 발을 쭉쭉 뻗었지만, 동봉수의 보폭 반 정도밖에 되지 않아 조금 우스꽝스러웠다. 그렇지만 그 모습도 무척 귀여웠다.

이이점은 부러운 눈으로 동봉수를 올려다보다가 탁자 옆에 쌓인, 이제는 몇 장 남지 않은 신청서를 내밀며 말했다.

"여기에 이름과 출신 문파를 기재해 주십시오."

동봉수는 왼손으로 신청서를 받아들고는 하선향을 빤히 쳐다봤다.

"좀 놓아 주시겠소?"

"아—!"

하선향은 그제야 자신이 그의 손을 꼭 잡고 있었다는 걸 깨닫고는 급히 손을 놓았다.

흠뻑 젖은 손이 두근거리고 있었다. 땀방울이 손바닥을 타고 흘러내리는 것이 그렇게 낯 뜨거운 것인지 그녀는 처음 알았다.

"……죄, 죄송해요……."

"괜찮소."

동봉수는 웃음인지 아닌지 모를 표정을 설핏 짓고는 벼루 위에 놓인 붓을 들고 신청서를 작성하기 시작했다. 그러다가 금세 붓을 멈추고 이이점을 바라보며 말했다.

"꼭 무림맹에 가맹된 문파 출신이어야 대회신청을 할 수 있는 것이오?"

동봉수의 말에 이이점이 대답했다.

"꼭 그런 것은 아닙니다. 무림맹이나 무림맹에 가맹된 문파출신 명숙(名宿)의 추천이 있다면 얼마든지 대회 신청을 할 수 있습니다. 증명할 만한 것이 있으십니까?"

동봉수가 잠시 생각하다가 가슴에 꽂힌 무림명패를 뽑아 내밀었다.

"이거면 되겠소?"

이이점은 무림명패를 받아들고는 곧바로 뒤집었다.

보통 무림명패의 뒷면에 발급처나 발급자의 직책과 성

명 등이 적혀 있기 마련이었기 때문이다.

"아!"

생각했던 것보다 대단한 이의 이름이 적힌 무림명패에 이이점이 눈을 동그랗게 뜨며 놀랐다.

"강호보위단주님의 손님이셨군요? 이거면 충분합니다. 강호보위단주께는 제가 직접 확인할 테니, 이만 돌아가셔도 좋습니다. 여기 신청 확인표입니다."

이이점은 급히 무림맹주의 직인이 찍힌 신청 확인표에 동광천이라는 글자를 적어서는 동봉수에게 내밀었다.

하선향은 혹시나 문제가 되면 북궁기의 제자라고 말해 주려고 했다가 그가 을지태의 빈객이라는 얘기를 듣고 놀랐다. 북궁기와는 달리 을지태는 실로 무림맹에서 그 영향력이 엄청난 고수였으니까.

동봉수는 하선향이 어떻게 쳐다보는지 관심이 없는지 신청 확인표를 받아 들고서는 슬쩍 한 번 본 후 반으로 접었다.

그때였다.

"여기도 이제 다 끝났나요?"

누군가의 가녀린 목소리가 뒤에서 들려왔다.

이이점이 급히 자리에서 일어서며 그쪽을 향해 공손히 포권을 취하는 것이 상급자임이 틀림없었다.

"아, 남궁 군사. 여기도 마무리되었습니다."

"그렇군요. 그럼 제가 신청서를 전부 가지고 가도 될

까요?"

"물론이죠."

사박이는 발소리와 함께 그 목소리에 어울리는, 너무
도 가늘고 연약해 보호본능을 불러일으키는 여인이 동봉
수와 하선향의 옆에 와서 섰다.

새로 나타난 여인은 남궁혜, 그녀였다.

"아, 안녕하세요……."

"아, 네. 안녕하세요."

하선향이 남궁혜에게 어색한 인사를 건네고는 전각 입
구 쪽으로 먼저 걸어갔다. 뭔지 모르게 꿀리는 느낌 때문
에 그녀의 옆에 서 있기 싫었던 것이다.

반면, 동봉수는 느긋하게 신청 확인표를 한 번 더 접고
서는 품에 집어넣었다. 그리고 그제야 몸을 돌리며 남궁
혜를 스치듯이 봤을 따름이었다.

그에 남궁혜가 살포시 웃었고, 동봉수는 그저 등을 돌
려 문 쪽으로 걸어갔다. 그녀의 엷은 웃음에 이이점의 입
이 벌어질 정도였지만, 동봉수는 그냥 입구로 계속해서
걸음을 옮길 뿐이었다.

"제가 옮기겠습니다. 남궁 소저."

"아니에요. 도와주실 분들을 데리고 왔습니다."

이이점은 언제 하품 하며 피곤해했는지 모를 쌩쌩한
동작으로 산더미처럼 쌓인 신청서 일부를 들고는 남궁혜
의 옆에 섰다. 남궁혜가 한 사양의 말은 이미 아무런 의

미가 없었다.

물론, 그러거나 말거나 동봉수는 천천히 걸어 전각을
벗어나고 있었지만 말이다.

"화— 남궁 소저 정말 예쁘네요. 그렇죠……?"

하선향이 동봉수의 옆에서 걸어가면서 힐끔힐끔 뒤를
돌아보며 자신 없게 말했다. 남궁혜의 명성과 미모에 기
가 많이 죽은 것이리라.

먼발치에서 지켜보는 것과 한 자 가까이에서 바라보는
것과는 천양지차였으니까.

동봉수는 걸음을 멈추지 않은 채 대답했다.

"그렇구려."

짧고 간단명료한 대답. 그것이 관심이 없다는 걸 단적
으로 증명했다.

무림맹의 여선(女仙).

백청색 비단옷 자락의 끝을 잡고 날아갈 듯이 움직이
는 자태.

그따위 것은 모두 다 의미 없었다.

그가 아는 것, 기억하는 것은 결코 '진짜 남궁혜'가
살아 있어서는 안 된다는 것이었다.

남궁세가가 무너지던 바로 그날, 선중산의 꼭대기에
'진짜 남궁혜'는 남아 있었다. 당오와 당화 등 생존자들
일부가 터럭만큼의 희망을 걸고 뛰어내렸을 때, 자신이

그들을 모두 죽였다.

죽인 이들 중 남궁혜는 없었다.

그래서 아주 적은 확률로 살아 있을 수도 있었지만, 그가 도허옥의 입장이라면 죽였을 것이다.

살아 있다고 해도 이용가치가 없었고, 짐만 될 뿐이었으니까.

그래서 저 남궁혜는 진짜일 수가 없었다.

도허옥이다. 이건 의심의 여지가 없다.

단, 그의 진실 된 정체는 아직 미지수였다.

어디 소속인지, 어떤 내력을 가진 사람인지, 실제 나이는 몇 살인지…… 등등 모든 것이 베일에 가려져 있었다.

한 가지 확실한 사실은 천마성 소속은 아니라는 것이었다.

비록 남궁세가를 멸문시킨 장본인이 천마성이었지만, 안휘 대살겁으로 인해 천마성은 얻은 것이 별로 없었다. 아니, 기실 손해만 입었다.

중원 정파를 기습해 타격을 입힐 것이었다면 굳이 남궁세가여야 할 아무런 이유가 없었고, 도허옥이 천마성의 진짜 간자였다면 굳이 그렇게 빤히 들여다보이는 방식을 취하지도 않았을 터였다.

그 정체가 정확히 무엇이든, 현재 동봉수는 도허옥에 비해 우위에 서 있었다. 이 정보를 어떻게 이용할지는 앞으로 더 고민해 봐야 하겠지만, 그가 남궁혜에 비해 한 발짝 앞서 나가고 있다는 것 하나만큼은 분명했다.

자기는 남궁혜를 알아봤고, 그녀―혹은 그―는 여전히 동봉수, 그 자신을 알아보지 못했으니까.

"에이― 불공평해. 왜 이렇게 중원에는 예쁜 여자가 많은 거얏!"

하선향이 불만을 터뜨리고는 볼에 잔뜩 바람을 불어넣 었다.

그 모습이 무척이나 귀여웠지만, 동봉수의 감흥은 그 것과는 전혀 달랐다.

읽기 쉬운 유형의 여자.

그것이 하선향에 대한 동봉수의 짧은 평이었다.

남궁혜에게 관심이 없는 만큼 하선향도 그에게는 관심 밖이었다. 이성이란 존재는 그에게 고작 그 정도일 뿐. 물론, 엄밀히 따져 남궁혜는 이성도 뭣도 아니었지만 말 이다.

꼬르륵―

갑작스러운 소리.

"응? 이게 무슨 소리죠?"

"……."

꼬르륵―

다시 동봉수의 배에서 소리가 났다.

"호호호. 지금 무척 배가 고프신가 봐요?"

갑작스럽게 온 신호이기는 했지만, 사실 동봉수는 정말 배가 고팠다.

십 일 가까이 굶었으니 당연하다면 당연한 현상이었다. 또한 그동안 무간지옥을 헤매면서 몸에 있던 모든 기운까지 소모했다. 그 짧은 기간 동안 머리가 모두 센 것도 그 영향 탓이리라.

아직 그가 인간이라는 몇 가지 증거 중 하나.

식욕.

"우리 밥 먹으러 가요."

하선향이 볼을 붉히며 코밑을 살짝 비비며 마저 말을 잇는다.

"같이. 헤헤—"

데이트 신청인가?

동봉수가 속으로 낮게 읊조렸다. 하지만 지금 그에게 데이트 신청을 하는 것이 비단 그녀뿐만은 아니었다.

십여 일 굶은 것은 그의 육체만이 아니었으니까.

꼬르륵, 꼬르륵.

본능. 포식자로서의 본성이 미친 듯이 아우성치고 있었다.

배가 고프다고. 죽을 것 같다고.

그리고.

이제는 사냥을 나설 시간이라고.

* * *

천하청비무대회의 접수 신청이 마감되었다.

무화문이 다시금 통제되었고, 정주성은 이전보다 더욱 바쁘게 돌아가기 시작했다. 대회가 본격적으로 개시되는 경칩까지는 이런 상태가 계속 유지될 것이다.

그에 정주성은 자연스럽게 성수기의 절정을 맞았다.

무기점, 주루, 반점, 객잔, 마방(馬房), 의원, 표국(鏢局), 하다못해 시장의 구석에 자리 잡은 작은 시전(市廛)까지.

장사가 되지 않는 곳이 없었다.

보보마다 사람이 미어 터지고 있는데도, 시시각각 인파가 몰려들고 있었으니 아니 그럴 수가 있겠는가.

하나, 그건 합법적인 업종에 한해서였다.

비합법적인 일을 하는 사람들은 다시없을 불황(不況)을 맞고 있었다. 비수기도 그런 비수기가 없을 정도로.

소매치기, 도둑, 흑단 등.

어둠 속에서 움직여야만 하는 작자들은 쥐죽은 듯 잠자코 있었다.

그럴 수밖에 없는 것이, 차림새만 가지고는 무림인인지 아닌지 전혀 판단할 수 없는 경우가 많은 탓이다.

괜히 무림인을 잘못 건드렸다가는 무슨 꼴을 당할지

알 수 없었다. 하물며 길바닥에 엎어져 자고 있는 노숙인 중에도 무림인 천지였으니…….

거기에 더해, 강호보위단원들이 정주와 그 근변(近邊)의 치안을 위해 도시 구석구석까지 쫘악 깔려 있는 이런 마당에 어떻게 함부로 범죄를 저지를 수 있겠는가.

사세부득이(事勢不得已)라.

지금은 겨울잠을 자는 동물들처럼 눈도 깜박하지 않고 가만히 있는 것이 최선이었다. 경칩이 되어 동물들이 굴에서 빠져나와 활동을 재개하는 그 시점에 다시 활동하면 그뿐이다.

그때까지만 참으면 다시 뜯어먹기 만만한 호구들만이 이곳에 남아 그들의 밥이 되어 주리라.

살수. 다른 말로 자객.

돈이라면 황제든, 천마성주든, 무림맹주든 죽일 수 있다고 호언장담하는 허세 가득한 작자들.

무림맹이 있는 정주에 그러한 집단이 있다는 것 자체가 우스운 일이기는 했지만, 엄연히 존재하고 있었다.

기실 무림맹에서는 몇 번이나 자객단들이나 살수방들을 정주, 더 나아가 하남에서 축출하기 위해 노력했으나 종국에는 실패했다.

이유는 간단했다.

왜냐하면 자객단이라는 것들이 하나같이 철저한 점조

직 형태를 띠고 있기 때문이었다.

비록 한두 개의 비선(秘線)을 찾아낸다 하더라도 별무소용이었다. 도마뱀처럼 비선의 꼬리를 자르고 숨어들면 머리는커녕 몸통조차 잡을 방도가 도무지 없었으니까.

결국, 무림맹은 그들을 그냥 놔둘 수밖에 없었다.

그리고 어차피 암객(暗客)들은 어둠 속에서만 움직이는 존재들이기에 무림맹이 청신산에 뿌리를 박고 있는 한 정주의 양지로 나올 수가 없었다.

그저 그렇게 영원히 음지에서 활동하게 놔두면 알아서 분수에 맞게 움직일 것이라는 걸 무림맹의 주요 인사들도 잘 알고 있었다. 구더기를 잡기 위해 구태여 똥통을 다 뒤집어엎을 필요는 없다고 여긴 것이다.

다만, 지금과 같이 특별한 기간 중에는 이곳을 찾은 빈객들을 위해 뒷간 관리도 철저히 하고 있는 것뿐이었다.

그에 구더기들에게도 불황이 닥쳐 더 깊숙이 아래로 숨어들 수밖에……

하나……

그런 것들 중에는 사혈방(死血幇)처럼 꽤 골칫거리가 되는 것들도 있었다.

천하의 모든 뒷간에 퍼진 파리떼.

눈에 보이지만 또한 박멸하기도 극히 어려운, 그런 존

재들 말이다.

……님…….
……주님…….
……방주님…….
"지방주님!"
"으음……. 뭐야?"

팔극(八極)의 계속된 외침에 후장랑이 마침내 잠에서
깨어났다.

그는 오랜만에 찾아온 휴일의 연속 덕에 오늘도 달콤
한 잠에 빠져들어 있었다. 특히 어제는 오랫동안 참아 왔
던 색욕도 충분히 푼 마당이었기에 더욱 피곤했다.

만약, 별일 아닌 걸로 날 깨웠다면…… 넌 뒈진 목숨
이다.

후장랑은 팔극에게 불호령을 내릴 참으로 인상을 팍
쓰며 가자미눈을 떴다. 하지만 이어진 팔극의 말을 들으
니 화를 낼 수가 없었다.

"주문이 들어왔습니다."
"주문?"
"네, 지방주님."

그제야 후장랑은 팔극의 손에 의뢰첩(依賴牒)이 들려
있다는 걸 깨달았다.

진짜 주문인가?

그는 자리에서 일어나 뺏듯이 팔극의 손에서 의뢰첩을 받아들었다.

촤르륵.

꽁꽁 감겨 있던 두루마리 편직(編織)이 그의 거친 손길에 의해 풀려 펼쳐졌다.

사실 후장랑은 의뢰첩을 풀면서도 별걱정이나 큰 기대를 하지는 않았다. 그저 오래간만에 들어온 주문일 뿐이지, 어렵지 않을 일일 거라고 여겼으니까 말이다.

지금과 같은 시기에 어느 누가 무리한 주문을 하겠는가?

설사 어려운 주문을 하더라도 사혈방에서 그 주문을 받을 아무런 이유 또한 없었다. 천하청비무대회가 코앞으로 다가와 있는데 괜스레 무림맹의 심기를 거스르는 살행(殺行)을 저질렀다가는 또 한바탕 골치 아픈 일이 생길 수도 있었음에다.

팔극은 그런 걸 잘 알 만한 위치에 있는 살수였다. 고로 그가 받아 온 주문은 그저 그런 허드렛일 수준일 것이리라.

그런 판단 하에 후장랑은 쫙 펼쳐진 의뢰첩을 흐리멍덩한 눈으로 빠르게 훑었다.

역시나.

"별거 아니군."

예상대로였다.

의뢰첩에는 '물건'에 대한 간략한 정보와 초상이 그려져 있었는데, 처음 보는 얼굴이었고 신경 쓸 가치도 없는 배경을 가진 인물들이었다.

특이한 점이라곤 동시에 두 개의 주문이 들어왔다는 사실뿐이었다.

굳이 한 가지를 더 꼽자면…….

"의뢰인이 화공(畵工)인가 보군."

의뢰첩에 그려진 초상이 너무도 잘 그려져 있다는 사실이었다. 후장랑은 그림에 대해 잘 몰랐지만, 이 그림은 누가 봐도 명화(名畵)였다.

먹으로만 그린 그림인데도 불구하고 금방이라도 살아 일어날 것만 같이 생동감이 넘치는 수묵 초상화였다.

아주 밝게 머리칼을 그린 남자 하나.

아마도 머리칼이 탈색된 걸 표현한 것일 테지. 그 남자의 얼굴은 앞 머리칼에 반 이상이 가려져 있어, 그것만으로도 상당히 특징적이었다.

그리고.

장난기 넘치는 인상의 젊은 여자 하나.

아주 앳돼 보이는 미인이었는데, 지금 당장이라도 그림 밖으로 뛰쳐나와 그에게 놀아 달라고 말할 것 같은 인상이었다.

하나…….

촤악!

후장랑은 금방 의뢰첩을 다시 접어 짧은 그림 감상을 끝냈다.

어차피 의뢰인이나 '물건들'의 정체가 뭐가 되었든 그가 상관할 바는 아니었다.

의뢰인은 이번 일을 마치면 다시 마주칠 일 없는 인간이고, 물건은 말 그대로 곧 고깃덩이로 변할 테니까.

그는 돌돌 만 의뢰첩을 다시 팔극에게 내밀며 말했다.

"물건은?"

의뢰첩에 적힌 정보의 정확성과 현재 물건의 위치를 동시에 묻는 것이었다.

팔극이 곧 대답했다.

"하나는 바로 확인되었습니다."

확인. 정확하다는 말과 찾았다는 말의 복합적인 표현이었다.

"그럼 바로 처리하도록 해."

후장랑이 물건 인수를 승인했다.

"네, 그럼 바로 착수하도록 하겠습니다. 한데 착수자는 누구로 하면 되겠습니까?"

팔극의 이어진 질문에 후장랑이 눈살을 찌푸렸다.

물을 필요가 없는 걸 물어 왔기 때문이었다.

"뭘 그런 걸 물어보나? 둘 다 삼급살수 셋 씩 보내. 그 정도면 많이 썼어."

삼급살수 셋이면 강호에 출도한 지 얼마 되지 않은 애

송이 정도는 가뿐하게 정리할 수 있을 것이다. 그것이 후장랑의 판단이었다.

그런데, 그의 명을 들은 팔극이 나가지 않고 그대로 서 있다가 다시 입을 뗐다.

"근데…… 의뢰주가 내건 돈이 좀 걸립니다."

"그게 무슨 말이야?"

"금 반 관(1.875 kg)입니다."

"……뭔 헛소리야 그게? 의뢰한 놈이 고작 이것들 둘 처리하는 데에 금 반 관이라도 내걸었다는 거야, 뭐야?"

금 반 관이면 웬만한 사람은 일평생, 아니, 몇 대에 걸쳐 모아도 모을 수 없는 큰돈이다. 그런 어마어마한 금액을 걸어 의뢰를 했다고?

퉁.

"물건 하나를 인수할 때마다 반 관을 더 주겠다고 합니다."

"……!"

팔극이 품 안에서 커다란 금덩이 하나를 꺼내 후장랑이 누워 있는 침상 옆 탁자 위에 올렸다. 묵직한 울림이 방 안에 울려 퍼진다.

후장랑은 경악했다.

"……그거 설마 의뢰인이 착수금이라고 준 거야?"

"네, 지방주님."

"미친놈이로군……."

착수금이 황금 반 관, 물건 하나당 또 반 관.

그렇다면 이 두 연놈의 목에 걸린 의뢰금 총액이 황금 한 관하고도 반이다. 무시무시한 금액이다.

그런 돈을 걸고 의뢰를 할 정도의 대상이 도대체 누구 인가?

금덩이에 잠이 홀랑 깬 후장랑이 드디어 침상에서 완전히 일어났다.

그러고는 옷을 대충 몸에 걸치며 말했다.

"의뢰인의 정체는 확인했나?"

"못했습니다. 의뢰인은 아이를 이용해 주문해 왔습니다."

의뢰인들이 그들의 정체를 노출시키지 않기 위해 종종 쓰는 방법이었고, 또한 가장 확실한 방법이기도 했다.

여러 명의 아이를 통하는 과정을 몇 번 거치게 되면 결국 최초 의뢰인의 정체는 희미해질 수밖에 없다. 또, 아이들이 일을 제대로 수행하지 못할 경우 숨어서 지켜보고 있다가 사라지면 그만이니까.

한데, 이 방법은 아무것도 모르고 심부름을 했던 아이들이 곤경에 처할 수도 있었다. 최악의 경우 죽을 수도 있었고.

그렇기에 이번 의뢰인은······.

매우 신중하다. 게다가 아주 잔인하다.

자신의 정체를 숨기고 싶어 하는 사람 치고 위험하지

않은 자는 없다. 거기에 더해 아이를 아무렇지도 않게 이용할 정도로 잔인하기까지 하다면 더 말해 무엇 하겠는가.

후장랑의 오랜 경험이 의뢰인의 위험성에 대해 경고하고 있었다.

어떻게 해야 하나?

"물건 인수 후 나머지 의뢰금은 어떻게 받기로 했나?"

팔극이 곧바로 대답한다.

"주문을 완료하는 순간 자연스럽게 받을 수 있다고 한 걸 보니, 물건에게 금괴가 있는 걸로 보입니다."

"흠……."

그사이 옷을 다 입은 후장랑은 탁자 위에 놓인 금덩이를 이리저리 돌려 봤다. 혹시나 싶었으나, 진짜 금이 맞았다.

아직 일을 착수하지도 않았는데, 이 정도의 금액을 아무렇지도 않게 투척할 정도의 의뢰인.

과연 누굴까?

그런데 그런 의뢰인이 주문한 물건 둘.

그들은 또 어떤 인간들일까?

"시한은?"

의뢰를 완수해야 하는 기한을 말하는 것이었다.

팔극이 곧바로 대답한다.

"경칩 전에 끝내 달라고 전해 왔었습니다."

경칩 전?

후장랑은 그제야 의뢰인이 원하는 것이 뭔지 알 것 같
았다.

"경쟁자의 제거로군."

이번 천하청비무대회는 명실 공히 정파 최고의 후기지
수를 뽑는 대회였다. 자연히 대회 우승자는 차기 무림맹
대권에 도전할 수 있을 자격이 있는 인물로, 무림명숙들
의 주목을 받을 것이 확실했다.

치열한 경쟁이 예상되는 것은 당연지사.

그런 고로 이번 의뢰의 목적은 너무도 분명해 보였다.

한데…….

이상한 점이 한 가지 있었다.

"왜 주문 대상이 삼성오봉구룡이 아닌 저런 물건들일
까?"

그것이 못내 마음에 걸린다.

하지만 후장랑은 이내 그에 대한 의문을 접었다.

자신은 살수에 불과했다. 불필요한 정치적인 판단은
하지 않는 것이 원칙이다.

돈을 받았다.

그러면 죽이면 그만이다. 살수에게 그 이상의 이유나
근거가 필요하지는 않았다.

피곤에 절어 있던 후장랑의 눈이 언제 그랬냐는 듯이
반짝이며 팔극을 향했다.

"일급살수를 투입해."

"몇 명이나 투입합니까?"

"다섯."

"다섯입니까? 그럼 어느 쪽에 둘을 투입합니까?"

"그게 아니야. 하나당 다섯이다."

"……네?"

팔극이 놀란다.

일급살수 한 명은 기습을 가한다면 중소문파의 장로급 고수도 격살할 수 있을 정도였다. 그런데 그런 이들을 다섯이나 투입하라고 명하고 있었다.

그러니 놀랄 수밖에. 게다가 일급살수 한 명을 한 번 움직이기 위해서는 인당 은자 열 냥이나 든다. 그런데 다섯 씩 해서 열 명이나 투입한다면…….

무려 백 냥이다!

착수금을 많이 받기는 했으나, 그에 비해서도 과한 액수였다.

하지만 그런 생각을 하는 팔극에게 후장랑의 말이 재차 이어졌다.

"돈을 받았다."

돈.

사혈방과 같은 정사지간의 단체에게는 돈이 정의였다. 돈만 주어진다면,

설사 자신들의 아비나 자식들이라도 베어야 하는 것이

자객이었다.

"……네, 지방주님. 명 받들겠습니다."

팔극이 굳은 표정으로 고개를 숙이며 대답했다. 하나, 바로 방을 벗어나려다가 다시 몸을 돌렸다.

"그런데 지금 물건 중 드러난 한쪽이 정주 시내를 벗어나지 않고 있습니다."

그 말은 조용히 처리하기는 틀렸다는 뜻인가?

후장랑은 잠깐 눈을 찡그리다가 이내 팔극에게 같은 논지의 말을 거듭했다.

"돈을 받았다. 그걸로 이미 의뢰는 성립된 것이야."

"네, 지방주님. 명 받들겠습니다.

마지막으로 대답을 마친 팔극이 방을 빠져나갔다.

후장랑은 팔극이 나갈 때까지 기다렸다가 다시 잠에 빠져들었다. 아직 피로가 다 풀린 것이 아니었으니까.

아마 그가 다시 깰 때쯤이면 주문이 완료되어 있을 것이다.

쿨—

약한 술냄새를 품은 숨결이 방 안을 천천히 잠식해 든다.

사혈방 정주지방(鄭州支幇).

그곳에서 두 개의 주문장이 발송되었다.

바로 방금.

       *   *   *

　휘리릭—

　작은 조약돌 하나가 나비처럼 날아간다.

　그렇다. 조금 이상해 보였지만, 정말 돌이 나비처럼 날
고 있었다.

　탁.

　돌은 훨훨 날아 목적지인 돌탑에 조용히 내린다. 그로
써 집채처럼 커진 돌탑의 높이와 부피가 조금 더 높아지
고 조금 더 커졌다.

　"우와아—!"

　"끝내 준다!"

　"아저씨, 최고!"

　동네 꼬맹이들은 뭐가 그리도 좋은지 돌탑을 바라보며
너도나도 입을 쩍 벌리며 놀란다.

　며칠 전에는 그가 그린 대수롭지 않은 그림 몇 점을 보
고 놀라더니 이제는 돌 던지기에 감탄성을 연발하고 있었
다.

　동봉수는 아랑곳하지 않고 다시 돌 하나를 들어 던졌
다.

　타닥.

　또 하나의 돌탑 식구가 늘어난다.

우왓—!

그의 별것 아닌 행동 하나하나에 꼬맹이들이 자지러졌다.

분명히 앞으로 던졌는데 기이한 궤적을 그리며 날아가는 돌이 그들의 눈에는 무척이나 신기해 보였다.

"아조씨, 근데 이 탑을 왜 만들오요?"

꼬마 중 궁금증을 참지 못한 한 아이가 다가와 말했다.

아마도 며칠 동안 한 자리에 가만히 선 채 그림을 그리고 또 돌을 던지는 백발사내가 궁금할 법도 했을 테지.

"기다린다."

동봉수가 말했다.

대답하지 않으면 쉬지 않고 귀찮게 굴 것이리라. 굳이 당해 보지 않아도 잘 알고 있었다. 아이들이란 어느 곳에서나 귀찮은 존재들이니까.

그냥 해치우기엔 아직 여물지 않은 탓도 컸고, 또 떫은 감은 안 먹으니 못한 법이다.

"웅? 누굴 기다리세요? 사흘 동안 이곳에 가만히 있웃잖아요?"

"어그로(Aggro)."

"오그로? 그게 모예요?"

꼬마 녀석의 혀 짧은 질문이 계속되었다.

그럼에도 동봉수는 귀찮은 기색 하나 없이 말을 이어갔다.

"허기를 달랠…… 그런 것."

"허기? 아, 음식! 아조씨 배고프세요? 하긴 여기서 뭘 제대로 먹었게쏘요. 불쌍해."

불쌍해? 하긴 그렇게 보일 수도 있겠다.

동봉수는 아무 생각 없이 고개를 한 번 끄덕이고는 다시 돌을 하나 더 던졌다.

퐁, 퐁, 퐁…….

이번 돌은 개울을 수평으로 치더니 저 보이지 않는 곳까지 물수제비로 날아갔다.

물수제비가 만들어 낸 파문이 뒤따라가 보지만 돌을 따라갈 수는 없었다. 아이들 중 몇몇이 그걸 보고 신기해하며 그 뒤를 따라 우르르 사라졌다.

그러나 동봉수에게 말을 걸었던 혀 짧은 꼬마는 여전히 동봉수에게 동정의 시선을 보내고 있었다.

'순수한 녀석이로군.'

순수하다는 단어를 배워서 알고는 있었지만, 정말로 순수한 사람은 아직 만나 본 적이 없었다.

하지만 어쩌면 지금 이 앞의 꼬마가 그런 녀석이 아닐까, 동봉수는 생각해 봤다.

꼬마는 뭔가 생각하는지 한참을 고민하다가 자기 품을 뒤적였다.

곧 녀석의 조막만 한 손에 땀에 전 월병(月餅) 한 조각이 들려 나왔다. 그리고는 동봉수를 향해 손을 내밀며 말했다.

"자, 먹오. 희아가 아조씨가 마음에 들오소 주는 건 저
~얼대 아니에요!"

"……."

동봉수는 아이의 월병을 받아 조금의 망설임도 없이
입에 털어 넣었다.

짭짤한 맛에 단맛이 가려졌지만, 어차피 소화가 되면
영양소다. 맛이 중요한 건 아니었다.

꼴깍.

아이의 목젖으로 침이 급히 넘어가는 것이 보였다.

자기가 먹으려고 오랫동안 아낀 비상식량을 내어 준
것인가.

백만금을 가진 자에게는 은 한 냥이 별것 아닐 테지만,
은 한 냥을 가진 자에게는 그것이 전부다.

마찬가지로, 이 녀석, 희아에게는 방금 동봉수가 삼킨,
땀에 절어 눅눅해진 월병이 전부였다. 그리고 그걸 아무
런 상관도 없는 그에게 아무런 대가도 바라지 않고 주었
다.

동봉수로서는 상상하기 어려운 일이었고, 겪어 보지
못한 일이었다.

그동안 봐 왔던 인간들과는 너무도 다른 새로운……
인종.

동봉수는 인벤토리에서 은 덩어리 하나와 어제 그린

화폭(畵幅) 한 점을 꺼내 아이에게 내밀었다.

아이의 월병처럼 그것 또한 동봉수의 전부였다.

다 쓰고 남은 돈 전부와, 새롭게 눈을 뜬[開眼] 후 얻은 모든 심득(心得)이 담긴 그림.

아이는 멍하니 은을 바라보며—당연하게도 그림은 거들떠보지도 않았다— 다시 침을 꼴까닥 삼켰지만 끝내 받아 쥐지는 않았다.

"에이~ 괜찮아요. 월병은 희아가 그냥 준 거야. 돈은 필요 없오요. 그림은 고맙게 받을게요. 고맙습니다."

하며 꾸벅 머리를 숙이며 화폭만을 받아 드는 희아다.

아무리 아이라 해도 은이 돈이고, 저 정도 덩어리면 얼마나 귀한지 잘 알고 있었다. 받으면 맛있는 월병을 한 아름 넘게 살 수 있다는 것도 물론 알고 있을 테지.

피식—

동봉수의 입가에 어쩌면 태어나서 처음이라고 할 만큼 자연스러운 실소가 잠시 잠깐 스쳐 갔다. 이내 사라지기는 했지만 맺혔었던 것만큼은 분명했다.

그는 가만히 아이를 더 바라보다가 머리 위쪽으로 은덩이를 던졌다.

은덩이는 하늘로 높이 솟구쳤다가 나비처럼 천천히 날아 아이의 바지 뒤춤에 조용히 날아 들어갔다.

아이는 자신의 바지 안에 은덩이가 들어간지도 모른 채 은이 어디 갔는지 찾으려고 고개를 들고 이리저리 헤

맺다.

그때 아이의 귀에 동봉수의 무감정한 목소리가 닿았다.

"나중에 멋들어진 상아(象牙)라도 하나 달고 다시 보자꾸나."

"……?"

희아는 들었던 고개를 내려 동봉수를 다시 쳐다봤다.

그의 말을 전혀 이해할 수 없었다. 이해하지 못하는 것이 아이에게도 더 좋았고 말이다.

"너 같은 녀석들이 많이 모여든다면, 무림맹에서의 영웅놀이도 해 볼 만하겠구나."

동봉수는 아이의 머리를 한 번 헝클어뜨리고는 다시 허리를 굽혀 개울가 옆에 굴러다니는 조약돌을 집어 들었다. 그리고는 여태 그랬던 것처럼 부드럽게 집어 던졌다.

다만, 그 방향은 이전과 다르게 돌탑이 아닌, 그 반대 방향 저 멀리에 있는 언덕 위쪽이었다.

언덕은 제법 높아서 이 정주의 구석진 작은 마을과 정주의 번화가를 구별 짓는 하나의 경계선 역할을 하는 언덕이었다.

꼬맹이, 희아의 시선은 자연스럽게 돌의 궤적을 쫓았다. 며칠 동안 그랬던 것처럼, 그렇게.

팍!

나비처럼 훨훨 날아 언덕배기를 넘던 돌이 갑자기 허공에서 터졌다.

"늦었군."

그의 말소리가 잔음(殘音)으로 남아 희아의 귀에 맴돌 그때, 동봉수는 이미 언덕의 꼭대기에 쇄도하고 있었다.

뱀처럼 미끄러지듯 움직이는 그의 몸은 실로 엄청난 속도로 움직이고 있었다.

그러거나 말거나 희아를 제외한 나머지 아이들은 동봉수가 지난 며칠 동안 쌓아 놓은 자신들의 키보다 몇 배나 큰 돌탑 주변을 맴돌며 놀 뿐이었지만······.

응사신행(應蛇神行).

지금은 실전된 신법이었지만, 아이들에게는 경칩이 다 되어 알을 낳고 있는 개울가의 개구리만도 못한 구경거리였다.

물론, 동봉수에게도 아이들은 사냥할 맛도 나지 않는 개구리알에 불과했지만 말이다.

후우웅―

동봉수의 전신에 잠재되어 있던 내기가 [초보자의 ???]을 통해 전신의 뻥 뚫린 경혈경락(經穴經絡)을 마음껏 누빈다. 조금의 막힘도 없었다.

지난 며칠간의 가상 시뮬레이션을 통해 이루어지던 모든 기의 운용 및 수발(受發)이 자유롭게 이루어지고 있었다.

운용은 초식이나 신법, 보법 등에 맞춰서 기를 움직이는 것.

수발은 내가진기를 밖으로 내뿜어 적을 격상시키거나 기를 받아들이는 것.

한데, 굳이 기를 뿜어냈다가 다시 받아들일 필요가 있는가? 하는 의문이 들 법도 하지만 동봉수를 보면 그게 아니라는 걸 쉽게 알 수 있었다.

그의 몸 주변 반경 십 장에 눈에 보이지 않는 초진기장 (超眞氣場)이 쳐져 있었다.

모든 물체의 주변에는 그 질량에 따른 중력장이 펼쳐져 있다. 그리고 사람도 질량을 가지고 있기에 마찬가지로 중력장을 가지고 있다.

그렇다면 진기를 가진 자의 주변에는 진기장이란 것이 있지 않을까? 하는 것이 동봉수가 예전부터 가지고 있던 의문이었다.

지난 오랜 기간 동안은 그의 몸 내부에 진기가 전혀 쌓이지 않았기에 그걸 확인할 방법이 없었지만, 이제 진기의 운용을 자유롭게 할 수 있게 된 그의 눈에 진기의 흐름이 보이기 시작했다.

그뿐 아니라, [초보자의 ???] 덕에 진기수발이 자유자재로 이루어지다 보니 진기에 대한 감수성 또한 남들에 비할 바 없이 탁월해졌다.

아니다. 탁월하다라는 말로는 많이 부족하다.

미쳤다.

그래, 미쳤다.

중력장이 있다는 걸 안다 하더라도 그걸 느끼는 사람은 세상에 없다. 진기장 또한 마찬가지.

진기라는 걸 알고 몸 안에서 운용하는 것과 자연과 호흡하며 그것을 느끼는 건 완전히 차원이 다른 얘기였다.

한데……

동봉수는 미친 감각으로 진기장을 느끼고 있었고, 호흡하고 있었다.

비단 느낄 뿐만 아니라, 진기수발을 통해 자신의 주변 진기장을 통제하고 있었다.

그것을 동봉수는 초진기장이라 이름 붙였다.

발기(發氣).

그의 몸에서 초진기파(超眞氣波)가 일순 약간 빠져나가면서 그의 초진기장이 요동쳤다.

하지만 누구도 그 사실을 알지 못했다. 그걸 알 수 있는 사람은 동봉수만큼 기에 민감한 사람밖에 없었다.

안타깝게도 이 자리에는 그럴 만한 사람이 없었다. 어쩌면 이 중원에 다시없을지도……

수기(受氣).

초진기파가 사방 만물에 부딪혔다가 그의 몸에 다시 돌아왔다.

'다섯이군.'

시뮬레이션을 통해 얻은 초진기파의 첫 번째 효능.

박쥐가 초음파를 쏘아 주변 지리와 먹잇감의 위치를

확인하는 것과 대동소이한 능력.

다만, 차이라면 동봉수가 쏘아 내는 것이 초음파가 아닌 초진기파라는 점뿐.

동봉수는 '배달된 다섯 사냥감'의 위치를 파악한 순간, 벌써 언덕 위에 높이 솟은 소나무 뒤편으로 돌아 들어가고 있었다. 초진기파가 알려 왔기 때문이다.

가장 앞선 사냥감이 그곳에 있다고.

"……!"

놈이 놀란다.

놈의 표정이, 몸짓이 어떻게! 라고 말하고 있었다.

복면으로 얼굴과 몸 전체를 가리고 있었지만 알 수 있었다.

녀석들 딴에는 습격하기 좋은 시간으로 아침을 잡고 나타난 것일 테지만, 동봉수는…….

고작 시간 따위에 구애되는 인간이 아니었다. 그저 늦게 배달된 자객들의 나태함에 대해 지겨움을 느끼고 있었을 따름이다.

꽈악.

동봉수의 손에 어느새 [낭인의 검]이 들려 있었다.

내리쳐진다. 무심한 음성이 바로 그 뒤를 따른다.

"정종지해(正縱支海)."

"이익!"

복면인이 양손에 든 쌍단도의 도신을 십자로 교차해서

위로 들어 올렸다.

깡!

낭인검이 쌍단도 사이에 부딪혀 더 이상 앞으로 나아가지 못했다. 온 힘을 다한 일격은 아니었지만, 그래도 이 정도 위력밖에 되지 않다니. 실망스러운 초식이었다.

동봉수는 정종지해 초식을 곧바로 머릿속에서 지웠다.

이 정도의 적도 일거에 죽일 수 없을 정도로 쓸모없는 초식이었으니까.

그때였다.

동봉수의 등 뒤로 발출되었다가 다시 돌아오는 초진기파의 파장이 짧아졌다. 새로운 적이 가까워지고 있다는 뜻.

3, 2, 1…….

적이 바로 후방 1미터까지 근접했을 바로 그때.

동봉수는 낭인검을 회수한 후 뒤로 쫙 물러섰다. 그 유연한 움직임이 꼭 하늘 위의 구름이 자유롭게 흘러가는 듯했다.

"헛!"

은밀하게 접근하고 있던 또 다른 자객은 '물건'이 갑자기 등진 상태 그대로 자신 쪽으로 쭉 밀려 들어오자 경호성을 발했다. 예상하지 못함은 물론이고 그 속도가 상상 그 이상이었음에다.

게다가…….

등진 채 저렇게 자유롭게 움직일 수 있는 신법이 어디선가 들어 본 것 같았기에 놀람이 배가 되었다.

실제로 본 적은 없었지만 아마도 확실할 것이라는 확신이 들었다.

"유운허허보(流雲虛虛步)?"

하나, 동봉수는 자객이 알아보건 말건, 낭인검의 사정거리 안에 목표물이 들어왔다 싶자 몸을 돌리며 검을 휘둘렀다.

후우웅—!

깡—!

자객은 놀란 와중에도 다급히 옆으로 단도를 세워 동봉수의 검을 막아 냈다. 하지만 그 힘이 워낙 강해 반대쪽으로 우악스럽게 튕겨져 나갔다.

"큭!"

동봉수는 튕겨져 나가는 자객을 구름처럼 흘러 따라가며 반대쪽으로 돌며 다시 검을 휘둘렀다.

그 모습이 어찌나 흉포한지 주변의 나무가 다 흔들릴 정도였다.

분명 자객을 따라붙을 때까지만 해도 구름이 노닐 듯 부드러웠었는데 이제는 그 모습을 전혀 찾아보기 어려울 정도였다.

"좌전시현(左轉弑玄)."

동봉수는 계속해서 초식명을 입으로 말하며 검식을 펼

쳤다.

어쩐 일로 그러는 것인지는 그만이 알 일.

공격은 계속되었다.

펑!

자객은 튕겨져 나가던 힘에 더불어 또다시 반대쪽에서 공격을 당하자, 제대로 방어했음에도 불구하고 엄청난 내상을 입고 저 멀리 날아가 버렸다.

죽지는 않았을지라도 다시 일어서기는 힘들 정도의 치명상이었다. 죽는 것은 시간문제일 뿐.

그사이에도 동봉수의 초진기파가 사방으로 요동쳤다. 아직 완벽하지는 않았지만, 중력장이 어떤 상황에서도 계속 유지되는 것처럼 그의 초진기장은 견고했다.

초진기파가 새로운 자객 한 명이 접근하고 있다는 걸 알려 온다.

동봉수의 입에 검편 하나가 나타났다.

팟―!

뱉어진 검편이 앞에서 다가오던 자객의 진행을 일순 방해했다.

후우웅―

동봉수는 그때를 틈타 앞쪽으로 공중제비를 크게 돌며 도약했다.

휘리릭.

등 뒤쪽에서 날아오던 또 다른 자객의 수리검(手裏劍)

을 점프로 피한 그는 수리검 위에 가볍게 발끝을 대고는 앞으로 날아갔다.

살랑이는 봄바람이 앞머리를 가르면서 시야가 확 트였다.

그에 저 멀리 희아가 눈을 땡그랗게 뜨며 그를 바라보는 게 보인다. 아마 지난 며칠간은 전혀 상상하지 못했던 자신의 전투 모습을 본 탓일 테지. 어쩌면 눈을 본 때문일지도 모르겠다.

하지만,

아무래도 상관없다.

팟—!

동봉수는 어느 순간 수리검을 밟고 높이 뛰어올랐다.

그러고는 아까 날린 검편과 동봉수가 타고 있던 수리검을 막느라 정신없는 자객의 머리 위로 날아 내리며 낭인검을 내려찍었다.

"강연추지(降燕抽支)."

살짝 비스듬히 내리쳐지는 그 모습이, 마치 제비가 잘못 내려앉아 나뭇가지가 부러져 휘어지는 것처럼 보였다.

까가강—!

황망한 중에도 자객은 동봉수의 공격을 무마시켰다.

뒤쪽으로 빠지며 막았기에 망정이지 아니었다면 그대로 부딪히듯 미끄러지는 그 검결에 검병을 쥐고 있던 손가락이 모조리 잘려 나갈 뻔했다.

하나, 동봉수의 공격을 흘리는 것이 가능했던 이유는 순전히 그가 초식명을 알려 줬기 때문이었다.

"비연사십이검(飛燕四十二劍)? 절강비연검(浙江飛燕劍) 지후(池厚)?"

아니, 아니다.

자객은 순간 들었던 생각을 철회할 수밖에 없었다. 그는 절강비연검 지후를 만난 적은 없지만 저렇게 젊은이가 아니었다.

그렇다면 그의 제자인가?

아니, 아니다.

그렇게 보기에는 또 너무 많다. 지후가 안휘대살겁 때 죽었는데, 그때 그의 나이가 고작 서른 초반이었다.

그렇다면 그의 사제나 사질쯤 되는가?

아니, 아니. 그것도 아니다.

지후, 그는 철저히 혼자였다.

비연사십이검의 비급을 동굴에서 우연히 주워 혼자서 익혔다는 이야기와, 그의 독선적인 아집은 무림에 꽤나 널리 알려진 이야기였다.

그렇다면 저자는 대체 누구……?

하나, 그의 추리는 더는 이어지지 못했다.

퍼버벅—!

"잘못 짚었어."

동봉수는 양손으로는 강연추지의 초식을 쓰며 오른발

로 다른 초식을 쓰고 있었다.

그리고 그 초식, 취호격귀(醉虎擊鬼)에 자객의 안면이 그대로 함몰되고 있었으니까.

추혼퇴(追魂腿) 강강얼(姜强蘖).

자객은 죽으면서도 처음 가졌던 의문을 해소하지 못했다. 오히려 추가적인 의문이 더 생겼을 뿐이다.

자신을 죽인 기술은 지후와 전혀 상관이 없는 추혼퇴 강강얼의 것이었으니까. 그리고 생각해 보니 아까 봤던 좌전시현의 초식은 포마흉검(捕魔兇劍) 뇌구(雷究)의 성명검법이었다.

그리고 그전에 있었던 몇 번의 움직임도 모두 다른 이들의 절기였다.

도대체 어떻게?

그러나 그는 그 의문들을 영원히 풀 수 없게 되었다.

후두둑.

동봉수가 뒤로 넘어지는 자객의 시체에서 머리털을 한 움큼 잡아 뜯었다. 동봉수는 조금의 지체함도 없이 바로 뒤로 돌며 그 머리털을 아까 뒤쪽에서 수리검을 날린 자객을 향해 뿌렸다.

머리털은 어느새 빳빳해진 채 자객에게 날아갔다. 그 모습이 마치 나비 모양으로 뭉쳐져 있었다.

"켁⋯⋯!"

후방의 자객은 전혀 피하지 못하고 그대로 고슴도치가

되어 이승을 떠났다.

이번 초식은 추혼비접이었다.

당가의…….

"셋 제거. 둘 남았나?"

다섯 중 세 명이 순식간에 전투불능이 되어 버렸다.

숨어 있던 남은 암살자들도 모두 밖으로 몸을 드러냈다.

둘이 동봉수를 가운데 둔 일자 대형을 유지하며 빙빙 돌기 시작했다. 그들이 생각했던 것보다 더욱 강한 동봉수의 실력에 놀란 때문이리라.

일급살수 셋이 힘 한 번 제대로 써 보지 못하고 숨 몇 번 몰아 쉴 사이에 죽어 버렸다.

하나 동봉수는 그런 살수들에게 관심이 없는지 저 멀리 언덕 아래쪽을 내려다보고 있었다. 여전히 아이들은 돌탑 주변에서 얼쩡거리거나 개울가에서 개구리를 잡거나 그것들이 낳아 놓은 알을 삼키거나 터뜨리며 희희덕거리고 있었다.

그 외중에도 희아는 아직까지 눈 한 번 깜짝이지 않고 동봉수와 자객의 싸움을 전부 지켜보고 있었다.

동봉수가 하얀 이를 드러내며 중얼거렸다.

"녀석, 코끼리 새끼인 줄 알았더니, 호랑이 새끼였군."

나중에 다시 만난다면 상아 대신 호아(虎牙)를 번뜩이는 야수가 되어 있겠어.

동봉수가 다시 움직이기 시작했다. 아니, 정확히는 그의 주변이 움직임을 개시한 것이었다.

언덕 주변에 떨어져 있던 돌무더기와 나뭇가지들, 잎사귀들이 허공으로 부유했던 것이다.

"허, 허공섭물⋯⋯!"

동봉수의 눈치만 살피며 빙빙 돌던 자객들의 발이 멈췄다.

너무도 놀란 것이었다.

허공섭물을 사용한다는 건 동봉수가 그들은 꿈에도 꿀 수 없는 지고한 경지에 도달했다는 방증이었으니까. 뛰어난 초식이나 절세무공을 익힌다고 닿을 수 있거나 펼칠 수 있는 수법이 아니었다.

닿지 못한 자는 결코 알 수 없는 깨달음과 진기의 운용, 내공의 고강함 등.

무공의 모든 경지가 그들은 상상도 하지 못하는 수준에 이르러야지만 가능한 기술, 그것이 허공섭물이었다.

게다가!

지금 그들의 앞에 펼쳐진 허공섭물은 물건 하나가 떠서 움직이는 것이 아닌, 수십, 수백 가지의 물건이 부유하며 회전하고 있었다.

이런 상대인 줄 알았다면 오지 않았을 것이다!

어쩐지 평소보다 더 의뢰대금을 많이 주더니만⋯⋯!

그때 놀라고 있던 그들의 귀에 동봉수의 무심한 음성

이 초진기파에 실려 닿는다.

"비접기공이다."

"……!"

자객들은 허공섭물이란 걸 알았을 때만큼이나 놀랐다.

비접기공은 바로!

당오의 성명절기였기 때문이었다.

당가의 기술이 아니다.

추혼비접은 당가의 기술이었지만, 비접기공은 당오 특유의 허공섭물 신공이었다. 당가에서도 오직 당오만이 사용할 수 있는 독문기공이라는 의미였다.

그런데 당오는 지난 안휘대살겁 때 이미 불귀의 객이 되었는데……? 그리고 아까 저자가 사용하던 기술들 모두가 안휘대살겁 때 죽었던 고수들의 성명절기…….

저자는……?

퍼버버벅—!

자객들의 눈이 화등잔만 하게 커지는 그 순간, 돌덩이들과 기타 물건들이 일제히 그들의 몸을 덮쳤다.

그들은 피할 엄두도 못 내고 그대로 그 춤추는 돌과 나뭇가지, 잎사귀 나비들을 모두 몸에 허용했다.

"도, 도대체……."

"누…… 구……?"

자객 둘이 고슴도치가 된 상황에서도, 나누어서 궁금증에 대한 유언을 남겼다.

자신들의 몸에 흐르는 피는 뒷전이었다. 어차피 곧 흐를 피도 남지 않게 될 것이라 그런 것일까?

그렇지만 동봉수는 그들의 마지막 대사에 일절 관심이 없었다.

엑스트라는 죽으면 끝이다. 대사를 치는 건 그들의 역할이 아니었다.

어차피, 엑스트라는 엑스트라의 역할을 하고 가면 그걸로 족하다. 컷이 끝났으면 조용히 퇴장하면 그뿐.

"제법이군."

동봉수의 짧은 한 마디가 종전(終戰)을 알렸다.

생각 이상으로 맛과 영양이 높았던 '배달식'이다.

귀찮게 따라붙는 하선향을 따돌리고 얻어 낸 것이라 더욱 괜찮았던 것인지도 모른다. 또한, 자기 식대로 재해석한 무공들이 조금의 어김도 없이 그때 그들에게서 얻어 낸 무공이라는 확신까지 얻어 냈다.

오랜만의 포만감과 만족감에 혀를 살짝 핥은 그가 언덕 아래쪽을 내려다본다.

여전히 희아가 그를 올려다보고 있었다. 입을 크게 벌린 채 턱을 올릴 줄 모르는 것이 꽤 큰 충격을 받은 모양이었다.

한 줄기 미풍이 불어와 동봉수의 하얗게 센 앞머리 칼을 들어 올렸다. 그에 그의 무감정한 한쪽 눈이 다시금 드러났다.

그는 검을 쥐지 않은 다른 손을 들어 가만히 입술에 집
게손가락을 가져다 대었다.

열십자.

희아는 글을 배우지는 못했지만 그게 뭘 뜻하는지는
본능적으로 알고 있었다. 그러고는 곧바로 자기도 작달
만한 손가락을 들어 꿈을 간직한 입술에 손가락을 얹어
똑같은 열십자를 만든다.

그러고는 입을 동그랗게 만다.

동봉수는 듣지 못했지만, 그 소리를 읽을 수 있었다.

쉿—

동봉수의 새하얀 이가 응답을 한다.

그러고는 바람과 함께 사라졌다.

* * *

어그로(Aggro).

게임상에서 몬스터들에게 일정 이상의 위협이나 공격
을 가하면 플레이어는 공격을 당하게 된다. 이것을 흔히
어그로를 끈다라고 표현한다.

이곳 신무림 온라인은 진짜 게임이 아니기에 선공몹(일
정 범위 안에 플레이어가 접근하기만 하면 자동으로 공격
하는 몬스터)과 비선공몹(플레이어가 공격하기 전에 절대

로 먼저 공격하지 않는 몬스터)으로 나뉘어 있지 않다. 그렇기에 특별하게 어그로를 끄는 행위를 하지 않는 다음 에야 먼저 공격당하는 일은 없다. 가끔 전쟁이나 분쟁 등 이 벌어지면 자동적으로 모든 NPC들이 선공몹으로 변 질될 수도 있지만, 그런 일은 이벤트성으로 가끔 있는 일 일 뿐이다.

하나, 또한 그런 '이벤트성 어그로'를 돈으로 살 수 있는 곳이 바로 이 신무림 온라인이다.

마치 저쪽 세상의 배달음식처럼.

물론, 자기한테 뿐 아니라, 남에게도 보낼 수 있는 그 런 배달 음식 말이다.

탁.

연영하가 서툰 젓가락질로 계사면(鷄絲麵)의 국수와 찢은 닭고기와 씨름하고 있다가 저를 식탁 위에 내려놓았 다.

그제야 노백도 뭔가 이상한 느낌을 받은 건지 조용히 자리에서 일어섰다. 이미 그의 손은 품 안으로 들어가 있 었다.

"노백, 앉아. 내 거야."

"……."

"나한테 온 선물이라고. 날 알아본 바로 그자가 보내 온 걸 거야."

"······내일이 경칩입니다. 이 정도로 대범하게 아가씨를 노리는 자가 혹 무림맹에 아가씨의 존재를 알리기라도 한다면······."

"그럴 리 없어."

연영하는 딱 잘라 말했다.

이 넘치는 광기들 사이를 비집고 들어와 그녀의 신경을 건드리는 상스러운 살기 다섯 개가 그가 보내 온 선물이라는 것.

그녀에게는 그런 확신이 있었다.

전에 자신이 보낸 첫인사에 대한 답례일까나? 선물은 선물인데 답례인지 다른 의미인지는 확실치 않았다. 뭐, 그냥 선물이라고 생각하고 넘어가면 속 편하기는 하겠지.

아무렴 어떤가?

이 중원에서 유일하게 자신과 교감이 가능한 사내가 보낸 선물인데?

"감정이 없는 자인 줄 알았더니 생각보다 낭만이 있는 남자였어. 헤헤—"

그녀는 한 번 가볍게 웃고는 계사면이 담긴 그릇을 통째로 들고는 그대로 입안에 털어 넣었다.

"와구와구. 앞으로 며칠간은 힘 조절해야 돼서 재미없을 뻔했는데, 때마침 잘 보내 왔네. 고맙구로."

젓가락? 필요 없다.

그냥 삼키면 되는 거 아닌가.

연영하가 자리에서 일어나 객잔을 벗어났다.

번화가의 번잡스러운 광기가 그녀의 기분을 좋게 해 준다.

"아, 좋다! 근데 며칠 뒤에는 내가 크게 눈을 떠도 괜찮은 날이 꼭 오겠지?"

"……."

"아, 뭐 그 사람만 있어도 충분할 것 같기는 한데, 그래도 안심이 되지 않아서 말이지. 헤헤— 자! 그럼 가 볼까? 저 미친 중원의 중심부로."

연영하가 크게 기지개를 한 번 켜고는 무림맹이 있는 청신산 쪽으로 걸어갔다.

그녀의 바로 뒤를 노백이 따른다. 또, 그 뒤를 다섯 살기가 쫓는다.

그리고 허전한 그 뒤를 메우는 어딘가의 개구리 소리.

개골개골.

그날은 바로 경칩 전날이었다.

第二十一章

개회(開會)

絶
世
狂
人

  돈을 버는 최고의 방법은 거리에 피가 넘쳐흐를 때 투자
하는 것이다.

— 존 록펠러(John Davison Rockefeller), 미국
기업인

*   *   *

"비운."
"네, 무본."

"오늘이 경칩인가?"

"네, 그렇사옵니다."

"그럼 오늘이 바로 그날이군."

"네, 그렇사옵니다."

반복되는 똑같은 대답이 '그날'이 왔다는 걸 재차 알려 준다.

무본의 존재감이 단상 위에 처진 붉은 장막을 뚫고 나와 비동 안에 싸하게 깔려 나갔다.

무본비동에서 이루어지는 무본과 비운의 밀담(密談).

천하는 알지 못하지만, 천하를 놓고 벌어지는 큰 대화이다.

"광운과 변영은?"

"예정대로 움직이고 있사옵니다."

"광운은 몰라도 변영은 믿기 힘든 놈이다. 감시를 늦추지 마라."

"네, 알겠사옵니다."

단상 아래에 한쪽 무릎을 바닥에 댄 채 앉아 있던 비운이 다시금 고개를 조아리며 대답했다.

그런 그의 고개가 다시 들리기 무섭게 무본의 괴악한 음성이 거듭 비동 전체를 떨어 울렸다.

"본영은 몇 명이나 정주로 갔지?"

"셋이옵니다."

"광운을 포함하면 참가자는 총 넷이로군."

"네, 그렇사옵니다."

"넷이라……. 적당하군."

미친 구름 하나와 그림자 셋.

적당하다는 무본의 말에 광운에 대한 믿음이 실려 있음을 비운은 여실히 느낄 수 있었다.

무본의 질문이 계속되었다.

"구파일방과 사대세가, 천마성, 집사전의 동태는 어떠하냐?"

"일단 변영이 분했던 둘인 도허옥과 남궁혜를 따로 떼어 낸다면, 삼성오봉구룡 전원이 참가했습니다. 거기에 더해 각 대문파에서도 특급 후기지수들 한둘 씩은 참가시켰습니다. 천마성 쪽은 대공자를 비롯해 셋째, 넷째 제자가 참가 신청을 한 걸로 보입니다."

"보입니다? 확실치는 않다는 말이더냐?"

"……송구하옵니다. 최근 이상한 낌새를 느낀 천마성 측에서 외영(外影)들을 상당수 솎아 내는 바람에 본(本)의 눈이 많이 줄어들었습니다."

"신강에서는 본이 드러나기 일보직전이란 소리로군."

"……네, 무본."

"상관없다. 어차피 제이계(第二計)를 시작하면 무본의 장막이 걷히는 건 시간문제였다. 그것이 조금 앞당겨진 것뿐, 아무런 문제가 되지는 않을 터."

"그럴 것이옵니다."

핏빛 휘장 뒤, 남녀구분 없는 무미건조한 무본의 음성이 곧바로 이어진다.

"천마성 측의 첫째와 셋째, 넷째가 참가했다는 말은 이번 일로 후계를 결정할 것이라는 천산신마(天山神魔)의 의도로 보이는군. 그중 둘째는 이미 탈락한 것일 테지."

"그런 듯 보이옵니다."

"집사전의 공나추는 어떠하냐?"

"그것이…… 상당히 이상하옵니다. 집사전에서는 고작 살영단만이 움직였습니다. 게다가 집사전에 심어 놓았던 그림자 전원과 연락이 되지 않사옵니다."

"집사전에 심어 놓은 눈이 모두 잘렸다는 말이냐?"

"송구스럽지만…… 그렇사옵니다."

눈이 모두 뽑혔으니 아무것도 볼 수 없음은 자명한 일이었다.

"천마성이 다 솎아 내지 못한 그림자들을 고작 집사전이 다 걸러 냈다?"

잠시간의 정적 후 무본비동에 은은히 깔린 무거운 기막(氣幕)이 고요히 요동쳤다. 마치 호수에 돌멩이 하나가 입수하며 파문이 일어난 듯한 현상이었다.

"극음천살성이로군. 어디 있나 싶었더니 그게 운남에 있었어. 일이 재밌게 되었어."

"……"

"집사전이 어찌 그것을 만났고 움직이고 있는 것인지는 모르겠지만 볼 것도 없이…… 그 괴물이 집사전의 대표다."

무본의 말에 비운은 아무 말도 하지 않고 가만히 고개만 숙일 따름이었다.

그것이 그의 임무였고 소임이었다.

그는 그저 무본의 팔과 다리가 되어 본의 뜻을 천하에 전하면 그뿐.

"무림맹주가 깐 판에 생각보다 거물급들이 많이 모여들었어. 멍청한 건지, 아니면 다른 특별한 의도들이 있는 건지는 잘 모르겠지만."

거기까지 말을 마친 무본의 음성이 잠시 잦아들었고 그와 함께 그의 거대한 존재감과 기막도 비동 바닥으로 잔잔히 가라앉았다.

하나 그 어슴푸레한 움직임만큼은 여전히 남아 비동 전체를 휘돌고 있었다.

그러던 어느 순간.

"비운."

"네, 무본."

"네가 다시 한 번 수영과 회영을 데리고 좀 움직여 줘야겠다."

"무엇을 하면 되겠사옵니까?"

"간단해. 그냥 가서 보고 오면 된다."

"……."

앞뒤가 잘린 이해하기 어려운 말.

비운은 되묻지 않고 그저 무본의 다음 말을 기다렸다.

"괴물."

"……."

"극음천살성이 선택한 괴물 말이다."

"네, 존명 받잡겠사옵니다."

"비운."

비운이 비동을 빠져나가기 직전 무본이 다시 불렀다.

"네, 무본. 말씀하시옵소서."

"혹 광운이 그놈에게 패한다면 무슨 일이 있어도 싸우지 말고 몸을 빼내라."

"……네, 무본. 존명 받잡겠사옵니다."

같은 대답, 다른 의미.

비운이 흩어지듯 무본비동을 빠져나갔다.

그가 사라지자 비동은 다시 공동이 되었다. 있는 듯 없는 듯한 무본이 남아 있었으니, 완전한 공동은 아니었지만…….

"혹시 지난 안휘대살겁 때 본의 행사를 방해한 자가 그 괴물……."

'동무'였던가?

그렇다고 보기에는 뭔가 이상했다.

그게 아니라면…….

"천마 같은 비인괴(非人怪)가 또다시 중원에 재림한 것인가?"

누구한테 말하는지 알 수 없는 무본의 음성이 동굴 이 곳저곳을 누비다가 사라졌다.

* * *

[천하청비무대회!]

그날이다!
그날이 왔다!
드디어 오늘이 바로 그날이다!

무림대회 공고(公告)와 무림첩이 발송된 지 그리 오랜 시간이 지나지는 않았다.

그렇지만 그 파급효과는 천하 전역에 퍼졌다. 심지어 멀리 새외(塞外)에까지 미쳐 중원인이 아닌 사람들도 대 회에 참가하기 위해 하남으로, 정주로 꽤 많이 모여들었 다.

청운몽(靑雲夢).

강호정파 소속의 젊은이라면 응당 이 대회에서의 우승 을 목표로 삼아야 할 것 같은 분위기가 무림 전체를 강타 했다.

그에 젊은 강호인들이 벅찬 꿈을 안고 이곳 정주로 모여들었고, 마침내 그 개회날을 맞았다.

아직 동이 채 뜨기도 전인 이른 새벽부터 무림인들은 옷을 깨끗이 차려입고 청신산으로, 무림맹으로 모여들었다.

그리고.

그들 모두 엄청난 광경을 목격할 수 있었다.

비무대(比武臺).

이걸 과연 비무대 같은 간단한 단어로 표현해야 하는 걸까? 할 수 있을까?

아마도 강호 역사상 이렇게 크고 웅장한 비무대는 일찍이 없었을 것이다.

동서 폭은 무려 십오 장에 달했고, 남북을 가른 길이도 똑같이 십오 장이었다. 높이는 그에 비해 낮은 반 장에 불과했지만, 대의 재질이 청석(靑石)인 걸 감안한다면 어마어마한 것이었다.

더 중요한 건,

그런 비무대가 세 개나 설치되어 있다는 사실이었다!

무림맹의 입구인 무화문 바깥의 공터에 하나.

무림맹의 가운데를 관통하는 중대로 양쪽 지빈각과 항마전 사이에 하나.

무림맹의 핵심으로 통하는 내당 입구 바로 앞에 하나.

떡하니 무림맹으로 통하는 모든 핵심 통로를 틀어막고

있는 구조물.

그것들이 바로 천하청비무대회를 위해 마련된 비무대들이었다.

"······!"

"뭐야!? 엄청나잖아?"

"우와아—!!!"

사람들은 어마어마한 규모의 비무대들을 보고 모두 벌린 입을 다물지 못했다.

무화문 바깥의 공터나 중대로는 그 넓이가 말로 다 설명하기 어려울 정도로 넓은 공간이었지만, 그 비무대가 놓이자 꽉 들어찬 것처럼 보일 정도였다.

"그런데 비무대를 왜 세 개나 설치한 거지?"

"에이— 보면 모르냐? 참가자가 너무 많이 몰려서 비무대 하나로 예선을 치르면 너무 오래 걸릴 거라 그런 거잖아."

이름 모를 구경꾼 둘의 대화였지만, 정답이었다.

천하라는 이름이 들어간 대회이니만큼 정말 엄청나게 많은 인원이 대회 신청자 명단에 그 이름을 올렸다. 그렇기에 저렇게 큰 비무대를 세 개나 설치한 것이었다.

하지만 그럼에도 예정되었던 대회 기간인 칠 주야(七晝夜) 안에 모든 비무를 소화할 수 없을 것 같았기에 원만한 대회 진행을 위해 개최측인 무림맹에서는 추가적인 예선 규칙을 만들었다.

그것이.

一. 무림맹에서 지정한 대문파와 무림세가의 신청자들은 결선(決選)에 자동 진출한다.

一. 누구나 비무대에 먼저 오를 수 있다. 그 사람에게 선투(先鬪)의 권한이 부여된다.

一. 연거푸 다섯 사람의 도전자를 격퇴한 사람은 결선에 진출한다.

一. 한 식경 동안 도전자가 나타나지 않으면 참관인이 종을 울리고, 비무대에 남아 있는 사람은 그 즉시 결선에 진출한다.

一. 상대를 격살하는 자는 그 즉시 실격된다. 반드시 손에 사정을 두어야 한다.

一. 예선은 단 오 일간만 진행된다. 즉, 닷새간 비무대에 오르지 않은 사람은 자동으로 실격 처리된다.

이렇게 여섯 가지였다.

첫 번째 규칙이 상당히 불공정하게 보였지만, 참가자들의 불만은 그리 크지 않았다. 강호대파의 소속, 그리고 그 안에서의 치열한 경쟁을 거친 후 대회에 참가했다면 그것만으로도 결선에 진출할 자격을 갖췄다는 걸 미루어 짐작할 수 있었기 때문이었다.

시간은 조용히 흘러갔고 사람들은 점점 더 무림맹으로 몰려들었다.

인산인해(人山人海)란 말이 이래서 만들어졌나 보다. 무림맹의 지금 모습이 사람이 산을 이루고, 사람이 바닷물처럼 몰려다니는 바로 그 광경 그 자체였다.

동봉수도 그 인파의 일원이었다.

어제 그는 오래간만에 지빈각으로 돌아와 지난 며칠간의 변화에 대해 고찰했고, 깨달음의 많은 부분을 자신의 것으로 만들었다.

그런데…….

그런 깨달음의 또 다른 결과물, 아니, 부작용일까?

싸우고 싶어졌다.

너무, 너무너무, 아주 많이 싸우고 싶어졌다.

사냥하고 싶다가 아니었다.

싸우고, 싸우고, 또 싸우고.

새로 익힌 무공이라는 것을 시험해 보고 싶었다.

당황스럽지는 않았다. 그는 그저 자연스럽게 자신의 변화를 관조했다. 그리고 곧 이 이상하고 익숙지 않은 변화조차도 그의 일부분으로 받아들였다.

흔히 사람들은 내일이 없다고 생각하고 오늘을 살며 노력하라는 말들을 쉽게 하지만 실천하지 못하기 일쑤다.

오늘이 내일이다. 내일이 오늘이다.

추상적인 말.

하지만 동봉수에게 오늘은 오늘이고, 내일은 내일이고, 노력은 노력이다. 그리고 싸우고 싶은 건, 또 싸우고 싶은 것뿐이다.

노력과 실천.

그것은 그냥…… 변하면 변하는 대로, 그저 그렇게 있는 그대로 다 받아들이는 그런 것일 뿐이다.

그리고 그렇게 살아가는 그런 존재가 동봉수다.

그럼으로써 점점 진화하는 비인간(非人間).

그는 지금도 인파의 한가운데에서 더 앞으로 나아가고 있었다. 물리적인 진보가 아닌, 무공의 발전이었다.

인파의 한가운데에 있음에도 그의 신형은 조금의 밀림이나 쏠림도 없었다. 어찌 보면 그를 지나치는 사람들이 마치 그를 일부러 피하는 것처럼 보이기도 했다.

군접환영보(群蝶幻影步).

미리환행(迷履幻行).

능공천상제(凌虛天上梯).

…….

……

…

.

당오를 비롯한 선중산에서 죽은 이들의 독문보법들이

적절히 혼합된 새로운 보법이 자연스럽게 그의 몸에 녹아들고 있었다.

아무도 눈치채지는 못했지만, 그렇게 동봉수는 잠시도 쉬지 않고 무공을 연마하고 있었다. 그러면서도 옷 안에서는 역시나 인벤토리 신공도 동시에 수련하고 있었다.

그 모든 것이 마치 보통 사람이 숨을 쉬는 것처럼 자연스럽게 이루어지고 있었다.

그러던 어느 순간, 그의 움직임이 멈추었다.

"여기 있었군요!"

'하선향.'

동봉수가 고개를 들어 올렸다.

양 갈래 머리를 땋아 올린 귀여운 처자가 그의 이름을 부르며 이쪽으로 날아 내리고 있었다.

동봉수의 초진기장은 이미 하늘 위에서 접근하고 있던 하선향에 대해 파악하고 있었기에 전혀 놀라지는 않았다.

다만.

"뭐, 뭐야?"

"컥!"

동봉수의 주변을 지나치던 사람들이 마른하늘에 날벼락을 맞았다. 멀쩡한 하늘에서 비도, 눈도 아닌 아름다운 낭자가 떨어져 내렸으니 아니 놀랄 수가 있겠는가.

"죄, 죄송해요!"

안 그래도 좁아터진 중대로에 그녀까지 끼었으니……

하선향은 실수—인지 아닌지는 보는 관점에 따라 다르겠지만—로 머리를 밟은 사람에게 사과를 하며 약간의 공간적 여유가 생긴 동봉수의 옆에 내려섰다.

"죄송합니다. 죄송합니다."

그녀는 거듭 머리를 숙이며 사방에서 그녀를 쳐다보는 사람들에게 사과했다.

그 연유일까?

사람들은 금세 가던 길을 다시 가기 시작했다. 하나, 실은 사과를 흔쾌히 받아들인 것이 아니라, 그녀의 등에 비스듬히 걸려 있는 검을 본 때문이었다.

붉은 매화수실이 아무렇지도 않게 덜렁거리는 검.

화산파.

구대문파의 위명은 단순히 결선에 그냥 진출하는 정도의 수준이 아니라는 걸 모두가 알고 있었다.

그중에서도 화산파는 상위권에 위치하고 있었으니, 더 말해 무얼 하겠는가. 애초에 고작 구경꾼들 주제에 잘잘못을 따질 대상이 아니었던 것이다.

사람들의 시선이 자신에게서 어느 정도 걷혔다는 걸 안 하선향이 고개를 들어 이제는 동봉수를 바라본다.

멈칫.

"여, 여기 있었군요……."

하선향이 말을 더듬었다. 그녀가 떨어지며 만들어졌던 공간이 어느새 메워지며 그녀와 동봉수의 거리가 한 뼘도 되지 않게 된 까닭이었다.

손을 맞잡은 것만으로도 심장이 터질 것 같았었는데 얼굴을 이리도 가까이 맞대는 것은 그냥…….

심지어 그가 그녀를 내려다보면서 길고 부드러운 그의 백발이 자신의 눈앞에서 이마를 스칠 듯 말 듯 어른거리고 있었으니…….

"나를 찾았었소?"

하선향의 심장이 두근 반, 세 근 반 뛸 그 어느 순간.

동봉수의 무심한 음성이 아예 그녀의 심장을 두 조각 세 조각 냈다.

"……."

하선향은 아무 말도 하지 못했다.

찾았었다고 말하면 너무 들이대는 것 같았고, 그렇다고 아니라고 말하면…….

왠지 이 남자에게 아무것도 아닌 것처럼 보일까 봐…… 그게 너무 겁이 났다.

사실 아무것도 아닌데, 아무것도 아닌데…….

하선향이 고개를 숙인 채 그렇게 되뇌고 있는데 동봉수가 다시 말했다.

"여긴 너무 복잡하구려."

그러고는 조금의 망설임도 없이 하선향이 원래 있었던 곳인 지빈각의 지붕 위로 도약해 올랐다.

약간 곤란했던 하선향은 그 덕분에 굳이 대답을 하지

않고도 넘어갈 수 있었다. 그녀는 동봉수가 자신을 배려해 줬다고 생각했다.

사실 별거 아니었지만, 아니, 별거…… 일까……? 아닐까?

아무렴 어때?

좋은 착각이면 착각이라도 좋은 거잖아?

그녀가 환하게 웃으며 동봉수의 뒤를 따라 지붕 위로 날아올랐다.

탁.

동봉수는 이미 일전 병괴와 중대로 쪽을 내려다보던 그곳에 팔짱을 낀 채 서 있었다.

하선향은 자연스럽게 그의 옆에 내려섰다.

그녀의 키가 아주 작아 딱 그의 어깨에 이마가 닿을 정도였지만, 아무렴…… 아무렴 어떤가. 그냥 좋았다.

사실 지난 며칠간 그를 만나기 위해 매일 이곳에 올라왔지만 동봉수는 코빼기도 보이지 않았다.

그녀는 동봉수가 자신을 피한다고 생각했었다. 기껏 용기를 내어 밥 먹자고 했을 때도 핑계를 대고 빠져나갔으니…….

그러다가 대회가 시작된 오늘에서야 그를 다시 볼 수 있었다. 솔직히 조금 전 저 아래에 있던 그를 보기 직전까지, 왜 나를 피하는 거지 하는 마음이 들어 화가 나기도 했었다.

하지만 그런 마음은 단 한순간에 눈 녹듯이 녹아 없어졌다.

'아무렴 어때? 지금 이렇게 옆에 서 있는데?'

그걸로 만족이었다.

그녀에게는……

반면, 동봉수는 옆에 서 있는 하선향이 무슨 생각을 하든 그저 가만히 비무대 주변을 내려다볼 뿐이었다. 그렇지만 그러면서도 하선향의 변화를 모두 읽고 있었다.

도파민, 페닐에틸아민, 엔돌핀, 특히 옥시토신.

애정 호르몬이 비정상적으로 과다하게 분비되고 있는 여자의 얼굴을 보고도 어찌 그런 변화를 모를 수가 있겠는가.

학습은 최고의 감정 탐지기이자 조작기이다.

동봉수는 이미 호르몬에 관해 공부했고, 그 효과와 반응에 대해서도 아주 잘 알고 있었다. 그러므로 이 상황에서 어떻게 해야 감정을 최대한 고조시킬 수 있을지 이 중원의 누구보다도 잘 알고 있었다.

그저 이렇게 가만히 있으면 된다.

지금 동봉수에게는.

그걸로 족하다.

그렇게 둘 다 가만히 비무대 아래를 지켜보며 시간은 지나갔다.

동봉수는 미치광이들의 환호와 열광이 폭발하길 기다

리며, 하선향은 동봉수의 관심을 바라며.

해가 서서히 고도를 높이다가 어느 순간 중천에 떠올랐다.

"빨리 시작 안 하고 뭐하는 거야?"

"재깍재깍 개시합시다!"

대회가 개회할 시간이 임박하자 군중들의 불만이 팽배해져 폭발하기 일보직전이 되었다.

그때.

파라라락—

옷깃이 바람에 파르르 떨리는 소리와 함께 누군가가 비무대 위로 날아올랐다.

허리 아래를 구름처럼 뒤덮는 푸르스름한 군자(裙子)와 삼단 같은 머리를 휘날리는 그 모습이 선자가 따로 없을 만큼 아름다운 여자였다.

그녀는 무려 이십여 장을 훨훨 날아 낙엽처럼 사뿐히 비무대 위에 내려섰다. 절로 탄성이 흘러나올 만큼 훌륭한 신법이었다.

우와아아—

"무림선아다!"

남궁혜, 바로 그녀였다.

그녀의 갑작스러운 등장에 좌중은 순식간에 후끈 달아올랐다. 단순히 그녀의 미모나 신법 때문만은 아니었다.

남궁혜는 무림맹의 여러 군사 중 한 명이었기에 그녀
가 비무대 위에 올랐다는 건 대회의 시작이 임박했다는
의미에 다름 아니었다.

"이제 시작하려나 보군요."

하선향이 기대에 찬 표정으로 말했다.

"그렇구려."

그녀의 말에 동봉수가 가볍게 응대했다.

그의 시선은 이미, 비무대 끝에 내려서서 중앙으로 사
뿐히 걸어가고 있는 남궁혜를 향하고 있었다.

남궁혜는 곧 비무대의 가운데에 다다랐다. 이제 이 주
변 어느 곳에서나 손쉽게 그녀의 전신을 볼 수 있게 되었
다.

그녀는 중대로를 가득 메운 군웅들을 쓱 훑어보며 천
천히 입을 열었다.

"우선 공사가 다망하신 가운데 이렇게 본 맹을 찾아
주신 천하영웅들, 강호동도들께 맹주님을 대신해 심심한
감사 인사를 드립니다."

남궁혜가 백청색 치마를 살짝 들며 동서남북 사방에
한 번씩 고개를 숙이며 가볍게 절을 했다.

"와……."

"오……!"

살짝 드러난 그녀의 발목과 복사뼈가 남자들의 감탄성
을 자아낸다.

의도한 것인지 아닌지 알아챌 사람은 거의 없었지만, 아무래도 남자의 본능이 자연스럽게 그들을 그렇게 만들었다. 아름다운 꽃은 모든 벌의 시선과 사랑을 독차지하는 법이니까.

꿀꺽.

누군지 모를 한 사람이 소리 나게 침을 삼키자 기다렸다는 듯 함성이 잦아들었다. 남궁혜의 가벼운 도발이 사람들의 시선을 잡아끌었을 뿐만 아니라, 시끄러운 소리까지 잠재운 것이었다.

마침내 고요해진 중대로.

남궁혜가 다시 허리를 펴고는 곧 입을 열었다.

"천하청비무대회의 개회에 앞서 대회의 개요에 대해 알려 드리겠습니다. 이번 대회는 단순히 무공의 고하를 겨뤄 우승자를 뽑던 여타 대회들과는 그 궤를 달리합니다. 금번 천하청비무대회는 위기에 빠진 강호를 구한다는 대의를 구현하기 위해 무림맹주이신 현천진인께서 천하에 널리 포고한 대회입니다. 특히, 백 년, 천 년 후까지의 강호 안녕을 위해서는 신진들을 적극 발굴해 키워 내야 한다는 데에 무림명숙들께서 합의하셨습니다. 해서 삼십 세 이하의 젊은 영웅들을 대상으로 대회를 열게 되었습니다. 또!"

그녀는 잠시 말을 멈춘 후 몸을 돌려 다른 쪽을 바라보며 다시 말을 이어 갔다.

"결선에 진출하신 청년 고수 분들 전원에게는 무림맹주께서 새롭게 결성하실 무력 단체인 청신성단(靑新星團)의 일원이 될 자격이 주어지며, 더불어 승찬대사의 집중적인 무공 지도를 받을 수 있게 될 것입니다."

청신성단의 일원, 그리고 승찬대사의 집중적인 무공 지도!

그 엄청난 혜택에 중인들 틈에서 다시 우렁찬 함성이 뿜어져 나왔다.

"청신성단은 앞으로 무림을 이끌어 나갈 거야!"

"강호의 차기 천하제일고수는 꼭 그 안에 든 청년 고수 중 하나가 되겠구나!"

"와—! 승찬대사!"

"무림제일고수의 지도를 받을 수 있다고?!"

"곤신! 그분께서 다시 숭산(嵩山)을 내려오셨다니!"

그 함성은 처음에는 한구석에서 터져 나왔으나 이내 사방으로 퍼져 나갔다. 곧 수천 명의 군웅들이 일제히 내지르는 소리로 인해 중대로가 터져 나갈 듯 시끄러워졌다.

심지어 그 함성은 저 무화문 밖과 저 앞쪽 내당 쪽에서도 들려왔다. 모르긴 몰라도 남궁혜가 아닌 다른 군사들이 저쪽 비무대에 올라 그녀와 똑같은 취지의 이야기를 하고 있는 것이리라.

곤신(棍神) 승찬(僧燦).

천마성의 주인인 천산신마와 더불어 이신(二神)의 일
인.

당금 소림장문인(少林掌門人)의 사제이자 강호에 출도
한 후 단 한 번도 패하지 않은 무적(無敵)의 절대자!

그리고 무엇보다도,

승찬대사는 긴나라전(緊那羅殿)의 전주였다.

과거 천마와 극음천살성이 득세했을 때, 단 한곳만은
마지막의 마지막까지 그 둘도 침범하지 못했었다.

그곳은 바로.

소림의 주방. 그리고 그때 그 주방에 소화화상(燒火和
尚) 한 명이 있었다. 그 화상의 속명(俗名)이나 계(戒)는
그 누구도 알지 못했다. 주방잡일과 밥이나 짓던 말단 승
려에게 누가 신경이나 썼겠는가.

한데!

그런 그가 불쏘시개로 쓰던 소화곤(燒火棍)을 한 손에
들고 나와 천마와 칠 주야를 겨뤘다.

당시 천하제일인이었던 천마와 대적했다는 것만으로도
경천동지(驚天動地)의 고수임을 증명한 것인데!

심지어 둘 사이 승부가 끝내 나지 않았다.

그러자 천마는 이런 말을 남기고 소실봉(少室峯)을 웃
으며 내려갔다고 한다.

[한바탕 재미나게 춤추며 놀았으나 긴나라가 나보다 더욱 즐겁더라.]

긴나라는 원래 불법을 지키는 여덟 신장(神將)인 팔부중(八部衆) 가운데 하나, 악신(樂神)이다.

천마는 그 소화화상과의 싸움을 한바탕의 춤으로 비유하며 그를 음악과 춤의 신에 빗대어 표현한 것이었다.

그로써 그 화상은 긴나라화상이 되었고, 나중에 화상이 죽은 후 그곳에는 긴나라전이라는 호법전각이 들어섰다.

그 이후 그 긴나라전의 전주는 소림 최고수가 맡아야만 하는 위치가 되었다.

단, 천 년 동안 계율에 의해 긴나라전의 전주는 함부로 하산할 수 없게 되어 있었다. 그래서 소림에 큰 환란이 닥치기 전에는 그 누구도 긴나라전의 전주를 볼 수 없었다.

무림이 위태로운 것과는 아무런 상관이 없었다. 오직 소림, 그중에서도 긴나라전이 침탈되었을 때에만 긴나라전주가 나서게 되어 있었다.

한데, 그런 계율을 깬 그 첫 번째 승려가 승찬이었다.

그는 몇 번이나 소실봉을 내려와 강호를 주유했다. 그럼에도 소림에서는 누구도 그의 행보를 막거나 탓하는 이가 없었다.

그리고…….

소림의 저력이 천하를 휩쓸었다.

보보무적(步步無敵).

그의 앞에 적수가 없었다. 그렇게 승찬은 정파제일인
이 되었다.

군중들의 함성은 근 한 식경이나 계속되었다.

남궁혜는 굳이 군웅들의 함성을 제지하지 않았다. 대
회의 분위기를 띄우는 데에 꼭 필요한 일이라 생각되었기
때문이었다.

잠시 뒤 어수선한 분위기가 어느 정도 정리되자, 그녀
는 품속에서 단검 하나를 꺼냈다.

마치 금방이라도 살아나 하늘 높아 솟구쳐 오를 것 같
은 용머리 검병이 인상적인 비수(匕首)였다.

바로 무림맹주가 예하(隸下)의 인물에게 자신의 행사
를 대리할 때에만 나눠 준다는 등용비(騰龍匕)였다.

"그럼 대회를 시작하기 전 마지막으로 여러분들 앞에
서 맹주님을 대신해 소녀가 맹세의 언약(言約)을 하도록
하겠습니다."

사악.

등용비가 움직였고 그녀의 손끝에 작은 생채기가 생겼
다.

"저 남궁혜는 천하만인들 앞에서 균평(均平)하고 공정하게, 참관인으로서 하늘에 부끄럽지 않게 비무 대회를 관장할 것을 맹세합니다. 이 피가 저의 진심과 실의(實意)을 대신할 것이옵나이다."

똑.

곧 맑은 핏물이 점점이 맺혀 나와 비무대 위에 한 방울 떨어졌다.

그 순간 남궁혜는 등용비를 하늘 높이 치켜들며 크게 소리쳤다.

"그럼 지금부터 무림대회를 시작하겠습니다!"

"와―!"

"드디어!"

삑, 삐빅―!

천지가 진동하는 듯한 함성과 입 피리 소리가 한동안 장내를 뒤흔들었다.

천하청비무대회.

지난 연간 젊은 무림 영웅들의 피를 들끓게 했던 무림대회가 드디어 정식으로 개회되었다.

그런데…….

남궁혜가 비무대 북편 바로 밑에 설치된 참관인석으로 내려가려는 순간이었다.

"잠깐만 기다려 주십시오!"

누군가의 외침.

뒤이어 하나의 인영이 비무대 위로 올라왔다.

그 인영은 피부가 유난히 하얗고 마른 체형에 눈썹이 얇고 가늘어, 아주 잘생겼지만 어딘지 거북함이 느껴지는 청년이었다.

"헛! 저 사람은?"

"저 공자는?"

그의 등장에 좌중이 크게 술렁거렸다.

남궁혜는 계단에 한 발 걸친 상태에서 몸을 돌려 그를 마주 바라봤다. 그녀는 이미 그 청년을 만난 적이 있어 이름과 출신 등을 알고 있었다.

"왜 그러시는지요? 모용 공자?"

청년은 바로 모용세가의 대표로 이번 천하청비무대회에 참석한 모용병이었다.

천상나검(天上羅劍) 모용병(慕容炳).

그는 요령(遼寧)의 패자인 모용세가의 적장자였다.

하지만 그가 단순히 모용가주의 큰아들이라는 것 하나만으로 사람들이 저리 놀라는 것은 아니었다.

그에게는 또 다른 별호가 하나 더 있었다.

요령자룡(遼寧紫龍).

바로 구룡의 첫 등장이 사람들 사이에 파문을 던진 것이었다.

"무림맹에서 지정한 대문파와 무림세가의 신청자들은 비무 없이 결선에 진출한다던데 그게 사실입니까?"

모용병이 물었다.

"네, 그리고 모용세가도 그 무림세가 명단에 들어 있어요. 그러니…….."

"그게 무슨 말도 안 되는 규칙인지 본 공자는 납득이 가지 않습니다. 급조한 규칙이 대회의 권위를 떨어뜨릴 수도 있다고는 생각하지 않으십니까?"

"……."

남궁혜가 모용병의 해괴한 논리에 대답하지 않고 그냥 빤히 그를 바라봤다.

예선 없는 자동 진출. 무림대파의 인원들에게 득이 되었으면 되었지 해가 되지는 않는 규칙이다.

무림의 대중들 입장에서도, 대파의 후인들이 빠짐으로써 결선에 진출할 수 있는 기회가 많아지고 가능성도 높아지니, 도리어 쌍수를 들고 반기면 반겼지 반대할 아무런 이유가 없는 규칙이었다.

그런데도 모용병은 지금 대놓고 무림맹의 행사에 불만을 터뜨리고 있었다.

우우—

자연스레 군중들이 무리라는 익명성에 기대어 야유를 보냈다.

거기에는 또한 모용병의 마지막 별호도 적지 않게 영향을 끼치고 있었다.

색룡(色龍).

모용병은 발정난 개처럼 요령의 여러 여자들을 건드리고 다녀, 많은 사건사고를 일으켰다.

단순히 소문으로 그친 것이 아닌, 그 사건의 당사자, 피해자들 가운데 몇 명도 지금 이 자리에 있었다.

야유는 쉽사리 사그라지지 않았다.

남궁혜도 굳이 나서서 어수선한 분위기를 가라앉히지 않았다.

'멍청한 이무기 한 마리가 제대로 발정이 났구나.'

그녀는 모용병이 왜 무리하게 첫 비무자로 등장해서 대회 진행을 방해하고 있는지 벌써부터 알고 있었다. 그의 얇고 가는 눈썹만큼이나 얇은, 색정 넘치는 눈꼬리가 자신의 발목 부위를 훑고 있었다.

'더러운 놈. 내가 여기서 아랫도리라도 까 내리면 기겁할 새끼가 아랫도리를 함부로 돌려 대고 있구나. 쯧.'

비록 지저분한 인간이었지만 지금 남궁혜로서는 어찌할 방도가 없었고, 굳이 통제할 필요성도 없어 보였다.

야유가 어느 정도 가라앉자, 남궁혜가 조금의 표정 변화도 없이 말했다.

"그래서 소녀가 어떻게 해 주길 바라시나요, 모용 공자?"

남궁혜는 자신의 앞에서 잘난 척을 하고 싶어 하는 모용병의 소원을 들어주기로 했다. 어차피 꽂을 데도 없는 멍청이의 물건인데 흔들든 잘라 내든 아무래도 상관없었으니까.

모용병은 그 말을 기다렸다는 듯 벼락같이 대답했다.

"본 공자에 한해서만이라도 그 임시 규정을 철회해 줄 것을 요청하는 바입니다."

예상했던 그대로 발정난 이무기였다.

남궁혜는 가볍게 실소를 머금고는 이내 고개를 끄덕였다.

어차피 시간은 많았다.

봄을 맞아 춘의(春意)가 돋은 이무기가, 이곳에 모인 벌레들과 어울려 요분질을 치는 모습도 썩 좋은 구경거리가 아니겠는가? 하하호호.

"참으로 멋진 생각이시네요. 그럼 대회의 최선투(最先鬪)는 모용 공자께서 열어 주세요."

우우우우—!

남궁혜가 흔쾌히 허락하고 내려가자, 군중들의 야유가 다시금 터져 나왔다.

모용병은 야유를 퍼붓는 군중들에게 매서운 눈빛을 한 번 보내고는 남궁혜를 향해 가볍게 포권했다.

"고맙소, 남궁 소저."

그러고는 가볍게 몸을 돌려 눈을 내리깔아 군중들을 아래로 내려다보며 말했다.

"다들 이미 아시는 것 같지만 제 소개를 먼저 하겠습니다. 본 공자는 요령에서 온 모용병이라 하고, 오늘 천하청비무대회의 처음을 열게 되어 영광입니다. 어느 영웅께서 본 공자와 함께 최초로 고하를 논해 보겠습니까?"

그의 웃음 섞인 도발에 곧 장내가 조용해진다.

어차피 군중들 중 앞으로 나서 자기한테 덤빌 자가 거의 없다는 걸 모용병은 잘 알고 있었다.

이것이 바로 구경꾼과 당사자, 야유와 실전의 차이이다.

익명의 탈을 쓰고 야유를 지르고 조롱하는 건 누구나 할 수 있는 것이지만, 용기를 가지고 명성이 있는 사람에게 싸움을 거는 것은 전혀 별개의 문제였으니까.

'역시 벌레는 벌레일 뿐이로군.'

참관석에 착석을 마친 남궁혜가 고개를 가로저었다.

벌레 한두 마리 정도라도 기백 있게 뛰쳐나오리라 생각했는데, 아쉽게도 벌레들은 이무기에게 덤빌 용기조차 없는 걸로 보였다.

그렇게 속절없이 시간이 흘렀다.

남궁혜는 대회 시작부터 지루해지자 가볍게 손을 들어 입을 틀어막았다. 하품이 난 탓이었다.

그녀는 하품을 하는 김에 아예 살짝 뻐근해진 고개를 이리저리 흔들었다.

'음? 저자는……?'

그때 저 멀리 지빈각 지붕 위에서 여유롭게 팔짱 끼고 서 있는 한 사내가 그녀의 눈에 들어왔다. 벌어지던 입이 곧바로 닫혔다.

저번 대회 신청 마지막 날 마주쳤던 바로 그자.

동광천.

분명 종지항과 광운이 정주에 온 그날, 을지태와 함께 무림맹에 나타난 또 하나의 변수.

너무 평범해서 전혀 짐작도 가지 않는 자였는데, 지금 보니 뭔가 달라져 있었다.

딱 꼬집어 어디가 변했다고 말할 수는 없었다. 하지만 그가 뿜어내는 분위기가······.

단 며칠 사이에 평범(平凡)에서 비범(非凡)으로 바뀌어 있었다.

어떻게?

남궁혜가 그렇게 지붕 위를 주목할 바로 그때였다.

탁.

무거운 착지 소리와 함께, 드디어 도전자 한 명이 비무대 위로 올라왔다.

올라온 인물은 모용병과는 달리 작고 날렵한 체구에 앙칼진 안광을 뿜어내는 흑삼인(黑衫人)이었다.

특이하게도 그의 가슴팍 앞뒤에 단도와 단검들이 주렁주렁 매달려 있었다.

그를 본 모용병의 얼굴에 묘한 표정이 떠올랐다. 마치 머리에 붙은 파리를 쫓았더니 이번에는 뒤통수에 다시 달라붙었을 때 지을 것 같은 그런 표정이랄까?

"사비비도, 여기서 또 보는군요."

비록 모용병에는 비할 바 못 되었지만, 사비비도(四臂飛刀) 단목구(端木究)는 요령성에서 제법 유명한 신진고수였다.

하나, 모용병이 얼굴을 찌푸린 이유는 단순히 그가 같은 지역 고수라서가 아니었다.

"그렇소, 모용 공자. 삼 년만에 이렇게 공자를 다시 만나 게 되니 정말 반갑소이다."

삼 년 만이라는 말에 모용병의 얼굴이 조금 전보다 더욱 똥 씹은 표정이 되었다.

"그때 일은 사고였습니다."

"……내가 무슨 말이라도 했소?"

"……."

사실 단목구는 모용병에게 구원(舊怨)이 있었다.

그의 여동생이 모용병과 사귀다가 버려졌던 것이다.

거기에서 그치지 않고 끝내 동생은 이별의 충격에 자살했다. 그에 단목구는 모용병을 만나러 모용세가로 갔다가 먼지 나게 두들겨 맞은 후 개처럼 끌려 나갔었다.

그것이 삼 년 전에 있었던 일이었다.

군중들은 그 간략한 대화만으로도 둘 사이에 어떠한 일이 있었다는 걸 쉽게 눈치챌 수 있었다.

장내가 다시금 시끄러워졌다.

"사비비도! 힘내시구랴!"

"단목 형! 모용세가고 뭐시고 간에 아작 내 버리슈!"

군중들의 환호성에 모용병의 얼굴이 더욱 일그러졌다.

남궁혜에게 잘 보이기 위해 올라왔다가 더 안 좋은 꼴만 보이고 있었다.

게다가 졸지에 모용세가 전체가 무림공적 비슷하게 되어 버린 모양새였다. 그가 대회에서 우승하더라도 좋은 소리는 못 듣지 않을까 하는 생각이 들 정도였다.

잘난 척 하려다가 본전도 못 찾은 격이 된 것이다.

단목구를 바라보는 모용병의 눈빛이 스산해졌다.

"후회하시게 될 것입니다."

"하하하……. 혹 그 말은 나를 죽이기라도 하시겠다는 것이오? 그럼 더 좋겠소이다. 내가 죽음으로써 공자를 탈락시킬 수 있는 것이니."

一. 상대를 격살하는 자는 그 즉시 실격된다. 반드시 손에 사정을 두어야 한다.

단목구의 말은 새로 생긴 규칙 중 바로 이 항목을 말함이었다.

모용병의 날카로운 눈매가 더욱 예리하게 변했다.

"본 공자는 빈말은 하지 않습니다."

이어 번개같이 단목구를 향해 쇄도해 들었다.

단목구는 이미 모용병이 기습을 가해 오리라는 걸 짐

작하고 있었기에 빠르게 품에 꽂힌 비도 다섯 개를 한 수에 뽑아내 모용병을 향해 집어 던졌다.

까강—!

모용병의 검이 마치 그물을 떨치는 듯한 움직임을 보이며 비도들을 한순간에 모두 떨어뜨렸다. 모용세가에서 자랑하는 천라검법(天羅劍法)이었다.

쐐애액—!

모용병은 그 기세 그대로 계속 앞으로 달려 나갔다.

"……!"

깜짝 놀란 단목구가 급격히 뒤로 물러섰다.

삼 년 전 겪어 보았던 모용병보다 지금의 모용병이 훨씬 빨랐다. 예상하기는 했지만 이 정도로 차이가 날 줄은 몰랐다.

삼 년 간 절치부심(切齒腐心)했다.

동생의 웃는 얼굴을 떠올리며 비도와 비검을 던지고 또 던졌다.

그런데도…….

단 일 수에 열세에 처해 버렸다…….

단목구는 포기하지 않고 뒤로 물러서며 계속해서 비도를 던졌다.

하지만 그럼에도 빠르게 따라붙는 모용병을 완벽하게 떨어뜨리지 못했다. 뒤로 물러서는 것과 앞으로 달려 나가는 건 그 속도에서 근본적으로 비교가 되지 않았다.

하물며 둘 사이 무공의 고하가 이렇듯 극명하게 갈리는 판에야 더 말할 필요가 없었다.

모용병이 검을 내려쳤다.

까가강!

천라검법의 특성상 검이 비도들과 부딪히는 순간 자연적으로 촘촘한 기벽(氣壁)이 검선(劍線)을 따라 발생한다.

기벽 사이사이로 새어 나온 기풍(氣風)에 단목구의 얼굴과 어깨의 피부가 사정없이 찢어졌다.

"큭!"

단목구가 침음성을 삼키며 한쪽 무릎을 꿇었다.

다급히 뽑아낸 단도들로 막아 봤지만 역부족이었던 것이다.

단 이 합. 호흡으로는 어쩌면 한 호흡.

단목구는 이미 패배했다.

환호하던 군중들이 일순간에 조용해졌다.

두 눈으로 직접 목격한 구룡의 실력은 그들이 생각했던 것보다 훨씬 뛰어났다. 혹시나 했었는데, 역시나 모용세가와 구룡의 벽은 높았다. 심지어 아까 모용병에게 야유를 퍼붓다가 눈이 마주쳤던 이들 중 몇은 장내를 벗어나고 있었다.

퍼버벅—!

"크악!"

일방적인 구타가 시작되었다.

승기를 잡은 모용병이 정신줄을 놓고 있는 단목구의 전신을 마구 두들겼다.

손에 잡고 있는 검은 아예 휘두르지도 않았다.

오직 각법, 아니, 그냥 마구잡이식의 발차기만으로 단목구를 궁지에 몰아넣고 있었다.

그의 다리가 가볍게 비무대 위를 누비면 단목구의 몸에 피멍이 들고 입에서는 핏줄기가 줄기줄기 뿜어져 나왔다.

지붕 위에서 그 장면을 보고 있던 하선향이 눈살을 찌푸렸다.

"이미 싸움이 끝난 것 같은데…… 너무 심하군요."

그녀의 말마따나 싸움은 더 이상 싸움이 아니었지만, 누구도 나서지 않았다. 왜냐하면 단목구의 항복 선언이 없었기 때문이었다.

동봉수가 볼 때에도 저 싸움은 더는 지켜볼 가치가 없었다.

하선향의 말대로 싸움은 이미 끝이 났다. 그는 초진기장이 닿지 않는 거리를 눈으로 훑으며 첫날 봤던 미치광이들을 다시 찾아 나섰다.

종지항을 비롯한 이름을 알 수 없는 강자들과 연영하.

아무도 보이지 않았다. 아마도 모두들 다른 비무대에서 예선을 치르고 있는 모양이었다.

그때였다.

퍼버벅—!

큰소리가 나며 단목구가 완전히 비무대 위에 얼굴을 묻었다. 실신한 것이다.

이미 그가 흘린 피가 비무대 한쪽을 완전히 물들이고 있었다. 그가 얼마나 심하게 두들겨 맞은 것인지 충분히 알 수 있었다. 비록 죽지는 않았을지라도 앞으로 몇 달간은 정양(靜養)해야지만 회복할 수 있으리라.

어쩌면……

다시는 회복하지 못할지도 모르지.

우와아아아—!

하늘을 뒤흔드는 함성이 쏟아졌다.

단…….

이곳이 아니었다.

무화문 밖과 내당 쪽이었다.

아마 누군가가 이곳과 마찬가지로 압도적인 무력으로 상대를 제압한 모양이었다. 하지만 이곳은 압도적인 싸움이었음에도 조용했다.

누구도 원하지 않았지만…… 예정되었던 대로 결말지어진 싸움.

그것이 힘이 없는 자의 무기력한 복수다. 그것을 목격한 누구도 환호성을 내지를 수 없었다.

남궁혜는 잠시 두고 보고 있다가 비무대 위로 올라가

단목구를 살펴본 후 강호보위단원을 불러 그를 단약실(丹藥室)로 실어 나르게 했다. 그리고는 의례적으로 모용병에게 손이 과했다고 말하고는 다시 참관인석으로 내려갔다.

대회는 속개되어야만 했다. 설사 사람이 죽어 나갈지라도 말이다.

여전히 비무대 위에는 모용병이 서 있었고 그는 아직까지 화가 난 것처럼 보였다. 웬 벌레 한 마리가 달려들어 귀를 시끄럽게 만든 것이 꽤 신경이 거슬린 것일 테지. 아마 다음으로 비무대에 오르는 사람도 좋은 꼴을 보기는 어려울 것이다.

하선향은 군중들을 둘러보다가 고개를 가로저으며 동봉수를 바라봤다.

"더 기다릴 필요 없을 것 같죠?"

그녀의 말은 앞으로 한 식경 동안 누구도 나서지 않을 것이라는 뜻이었다.

동봉수도 가만히 군중들을 더 살펴보다가 그 말에 동의했다.

"아무래도 그런 것 같구려."

이곳에 모용병 이상의 젊은 고수는 몇 없었다. 그나마도 모용병과 우열을 가리기 어려울 정도로 박빙(薄氷) 정도.

확실히 모용병을 제압할 수 있는 사람은,

저쪽에서 막 비무대로 올라와 종을 울리려는 남궁혜와.

"근데 동 소협께서는 언제 비무대에 오르실 생각이세…… 요?!"

자신을 제외하고는.

팟.

동봉수는 하선향의 질문 도중에 말 대신 행동으로 대답했다.

그는 이미 발을 굴러 지붕을 떠나 비무대로 날아가고 있었다.

그 시기가 아주 절묘해서 장내에 있는 모두의 시선이 일시에 동봉수에게 집중되었다. 마치 그 혼자만이 이 비무대를 차지하고 있는 것처럼.

'응? 저자가 벌써 나서나……! 그렇다는 건!'

모용병을 제압할 수 있다는 뜻인 건가?

딸…… 라…….

방울이 울리려는 걸 남궁혜가 붙잡아 멈췄다. 그걸로 소리도 덩달아 멈췄고, 첫 결선 진출자 결정도 뒤로 미뤄졌다.

새로운 도전자가 나타났으니 좋은 필요치 않게 되었다. 비무대 위에 있는 둘 중 하나가 쓰러질 때까지는.

'자, 이제 마음껏 한 번 놀아 봐. 천하청비무대회의 첫 결선 진출자에 어울리는 그런 비무를 좀 보여 줘. 그리고…….'

당신이 종지항과 더불어 이번 대회의 또 다른 변수라는 것도 확인 좀 시켜 주고.

남궁혜는 꺼냈던 방울종을 다시 품속에 집어넣고는 참관인석으로 돌아갔다. 그녀의 얼굴에는 뭔지 모를 웃음이 맺혀 있었다.

반면, 모용병의 표정은 살짝 뒤틀려 있었다.

조금 전 단목구를 그렇게 심하게 두들긴 건 다시는 엉겨 붙지 못하게 하기 위한 이유도 있었지만, 더는 무의미한 비무를 하고 싶지 않은 마음이 더욱 컸다.

어차피 우승후보인 삼성오봉구룡과 대문파의 참가자들은 자신을 제외하고는 아무도 예선에 나오지 않을 것이다. 그렇다면 남은 이들은 무림에 널리고 널린 하수들뿐.

뭣하러 그런 사람들과 무공의 고하를 논하겠는가?

해보나 마나 한 일 아니겠는가 말이다.

거기에 더해, 애초 목적이었던 남궁혜 앞에서의 무공 자랑도 무용지물이 되었다. 야유를 받는 모습을 보인데다가, 과한 손속으로 인해 주의까지 받았다.

이미 이 예선비무에서 얻을 수 있는 실익이 아무것도 없게 되었다. 아니, 손해만 잔뜩 입은 상황이었다.

그런 마당에, 툭 치면 부러질 것 같은 가늘가늘한 동봉수가 비무대 위에 올라오자 기분이 무척이나 나빠진 모용병이었다.

"소개를 부탁드립니다."

쓰러뜨릴 때 쓰러뜨리더라도 예의를 잃어서는 안 된다.

이미 군중들과 남궁혜에게 비쳐지는 자신의 모습이 어떤지 잘 알고 있었지만 여기서 더 나빠지면 곤란하다. 그걸 잘 알고 있는 모용병이었다.

동봉수는 그런 모용병을 향해 무심하게 입을 열었다.

"동광천."

모용병의 가는 눈꼬리가 더욱 길게 찢어졌다.

"그게 전부입니까?"

별호는 없느냐는 물음이었다.

"전부."

킥.

순간 모용병은 자신이 의식하지도 못하는 사이 조소(嘲笑)를 흘렸다.

별호가 없다는 건 이제 막 강호에 발을 내디뎠다는 의미에 다름아니었다. 게다가 예선 비무대에 올랐다는 것 자체만으로도 명문세가나 대파의 제자도 아니라는 뜻.

어이없었다.

하룻강아지가 범을 두려워하지 않는다는 말이 이럴 때 쓰이라고 만들어진 것일 테지.

[지금이라도 늦지 않았습니다. 다시 내려가시는 것이 어떻겠습니까? 본 공자는 꽤 너그러운 사람이니, 남궁 소저한테는 잘 얘기해 보겠습니다. 하하하.]

모용병은 전음으로 동봉수에게 비아냥거렸다.

'비웃음인가?'

동봉수는 살아오면서 조롱과 조소, 빈정거림을 당한 기억이 꽤 많았다. 특히, 신무림 온라인에서는 더욱 그러했다.

뛰어남을 감추고 평균을 추구해 온 결과였다.

평범이 스스로를 감추기에 유리했기에 그랬고, 보통이라는 탈이 사냥에 이로웠기에 그랬었다.

하지만.

이제는 그럴 필요가 없어졌다.

동봉수는 모용병의 등 뒤로 보이는 남궁혜를 슬쩍 한 번 보고는 무감정하게 이야기했다.

"지금이라도 늦지 않았소. 아직 대회의 새로운 규칙은 유효하오."

모용병의 눈꼬리가 거세게 흔들리기 시작했다.

"지금 그 말은 내가 자동 진출로 결선에 올라가야 한다는 뜻입니까?"

"그렇소."

"그럴 거였다면 애초에 비무대에 올라오지도 않았을 테고, 단목 형과 비무를 하지도 않았을 겁니다. 또 그렇게 내가 결선에 올라가길 원하셨다면 형장께서 조금만 더 기다렸다가 비무대에 올라왔어도 되는 것이 아닙니까?"

"내 마음이오."

꿈틀.

이제는 모용병의 입꼬리까지 요동쳤고 그의 목소리도 위협적으로 침잠해 들었다.

"그게 무슨 뜻입니까……?"

참을 수 없는 분노가 용솟음쳤음에도 모용병은 공손함을 잃지 않았다. 군중들에게는 그래서 더욱 위선적으로 보였다.

동봉수는 대답하지 않고 허리를 숙여 단목구의 피가 덕지덕지 묻은 단검을 들었다.

"비무대 위에서는 문답무용(問答無用)이라고 들었는데, 당신은 말이 너무 많구려."

"……단목 형처럼 그대도 후회하게 될 것입니다."

동봉수는 자신의 옷에 슥 단검을 닦았다. 새하얀 검신이 드러나며 거칠게 반짝인다.

"당신은 일곱 개의 주둥이와 여덟 개의 혀를 가진 것 같구려."

칠취팔설(七嘴八舌).

수다스러운 사람에게 쓰이는 관용어구이다. 그것도 나쁜 쪽으로.

모용병은 동봉수의 무심한 모욕에 마침내 폭발하고 말았다.

"이익!"

그가 관옥(冠玉)같은 얼굴을 일그러뜨리며 동봉수를

향해 쇄도해 들었다.

*　*　*

팽호류(彭虎劉)는 사실 별 관심이 없었다.

모용병 같은 머저리가 뭘 하든지 간에 말이다.

비무대회 예선 구경이야 하나마나 한 것이라고 여겼지만, 오늘 참관인으로 남궁혜가 나온다는 모용병의 말 때문에 그를 따라 중대로로 나섰다.

하북팽가(河北彭家) 남자가 여자한테 관심 없으면 그게 더욱 웃긴 이야기니까.

그렇게 그냥저냥 구경꾼으로서 싸움 구경 여자 구경이나 하러 나왔더니…….

이 머저리가 갑자기 비무대 위로 올라가는 것이 아닌가, 그러고는 남궁혜에게 이상한 소리를 지껄이며 예선 참가 승낙을 받아 냈다. 볼 것도 없이 남궁혜의 관심을 끌어 보기 위한 헛수작이었다.

그렇게 대회가 시작되고 야유가 퍼부어졌다.

모용병이 뭘 기대했는지는 모르겠지만 더러운 하체를 아무렇게나 놀려 대던 녀석에게 사람들이 환호를 보낼 리가 없었다.

잠시 뒤 모용병에게 야유를 하던 사람 중 한 명—아마도 어떤 원한이 있을 걸로 보이는—이 비무대 위에 올라

마침내 예선 비무가 시작되었다. 하지만 그 사람은 모용병에게 떡이 되도록 두들겨 맞았다.

예상했던 대로다.

원한은 원한으로 끝내고 현실적으로 가능한 일, 이루어질 수 있는 일에 힘을 써야 하는 것인데…….

'어차피 저자가 자초한 일.'

팽호류는 등에 걸린 반 장에 이르는 긴 박도(朴刀)를 한 번 쓸어 올리며 시선을 돌렸다. 어차피 싸움은 더 볼 필요가 없었다.

벌레 같은 성정을 지니고 있는 인간이지만 모용병은 실력자였다.

이곳에 있는 예선 참가자들이 상대할 만한 자가 아니었다. 아니, 애초에 저 녀석에게 도전할 만한 용자가 더 있을 것 같지가 않았다.

주변을 훑던 그의 눈은 이내 남궁혜를 향했다.

싸움 구경이 의미 없어졌으니, 남은 것은 여자 구경이다. 그는 이제 남궁혜의 해사한 모습이나 실컷 감상할 요량이었다.

그런데, 남궁혜가 이상했다.

참관인임에도 불구하고 그녀의 고개가 비무대가 아닌, 아주 다른 곳을 향하고 있었다.

'뭘 보는 거지?'

그는 그녀의 시선이 향하는 곳으로 고개를 돌렸다. 중

대로의 좌측, 지빈각의 지붕 위쪽이었다.

'하선향?'

그곳에는 그도 익히 알고 있는 사람이 있었다. 화산파의 제자이며 이번 대회 참가자 중 하나.

저 여자를 보는 건가?

하지만 그런 것 같지는 않았다.

그녀, 하선향 또한 비무대를 보고 있지 않았고 남궁혜가 보고 있을 것으로 추정되는 사람이 그 옆에 서 있었기 때문이었다.

'누구지?'

처음 보는 얼굴이었다.

구대문파의 제자나 사대세가의 자제는 아니었다. 최소한 이곳에 온 대파 출신 후기지수들과는 모두 인사했거나 안면이 있었다.

키가 제법 크고 앞으로 흘러내린 긴 백발로 얼굴의 절반 이상을 가린, 아주 호리호리한 남자.

기억을 다시 돌이켜 봐도 저런 자는 머릿속에 없었다. 한 번 보면 잊기 어려운 인상의 소유자였기에 처음 보는 자임이 틀림없었다.

팽호류의 고개가 호기심에 살짝 기울어질 그때 모용병의 첫 번째 비무가 끝이 났다. 비무인지 구타인지는 명확하지 않았지만.

패배한 자는 단약실로 급히 실려 나갔고, 그 잠시 후

남궁혜가 모용병의 자동 결선 진출을 선언하기 위해 비무대에 다시 올랐다. 그런데 그녀가 방울을 꺼내 들어 흔들려고 한 바로 그 순간.

팟.

하선향 옆에 서 있던 자가 비무대 위로 도약했다. 아무런 준비 동작도 없이 뛴 것 같은데 어느새 비무대에 도착해 있었다.

"……!"

대단한 경공술이었다. 그 한 수만 보더라도 무명잡배는 절대로 아닌 듯 보였다.

"소개를 부탁드립니다."

모용병이 얼굴을 살짝 찡그리며 말했다.

"동광천."

역시나 처음 들어 보는 이름이었다.

"그게 전부입니까?"

"전부."

별호가 없나? 이번에 처음 강호출도한 자인가?

킥.

모용병이 머저리 같은 실소를 흘린다. 상대를 무시하는 것일 터.

자신이었다면 저렇게 티를 내지는 않았을 텐데, 모용병이라는 병신은 그런 걸 전혀 숨기지 못하는 인간이다. 게다가 상대의 탁월한 경공을 보지도 못한 것인가?

'멍청한 자식.'

팽호류가 그렇게 생각할 그때,

모용병이 살짝 입술을 까닥이며 상대에게 전음으로 뭐라고 얘기했다.

내용을 정확히 알 수는 없었지만, 짐작은 갔다. 평소의 그를 잘 알고 있었으니까. 아마도 그냥 꺼지라는 의미의 전음을 보냈을 것이다.

동광천은 그에 굴하지 않고, 아니, 아예 무감정하게 입을 열었다.

"지금이라도 늦지 않았소. 아직 대회의 새로운 규칙은 유효하오."

"지금 그 말은 내가 자동 진출로 결선에 올라가야 한다는 뜻입니까?"

"그렇소."

"그럴 거였다면 애초에 비무대에 올라오지도 않았을 테고 단목 형과 비무를 하지도 않았을 겁니다. 또 그렇게 내가 결선에 올라가길 원하셨다면 형장께서 조금만 더 기다렸다가 비무대에 올라왔어도 되는 것이 아닙니까?"

"내 마음이오."

"그게 무슨 뜻입니까……?"

만용인가? 자신감의 표출인가?

팽호류는 아직 판단이 서지 않았다.

하지만 동광천이 뿜어내는 존재감만큼은 비무대 아래

에 있는 자신에게까지 영향을 끼칠 정도로 대단했다.

동광천은 모용병에게 대답하지 않은 채 허리를 숙여 땅에 떨어진 단목구의 단검 중 하나를 들며 말했다.

"비무대 위에서는 문답무용(問答無用)이라고 들었는데, 당신은 말이 너무 많구려."

"……단목 형처럼 그대도 후회하게 될 것입니다."

동광천이 단검을 자신의 허벅지에 가져다 대 앞뒤로 문질렀다.

착각인 걸까?

이미 그에게서 모용병이라는 존재는 안중에도 없는 것 같다는 인상이 들었다. 저렇게 여유롭게 모용병의 앞에서 행동할 수 있다니.

구룡 중 일인을 눈 밖에 둔다? 저렇게 젊은 자 가운데 삼성오봉구룡을 제외하고 저런 분위기와 담력을 가진 인물이 있었던가?

"당신은 일곱 개의 주둥이와 여덟 개의 혀를 가진 것 같구려."

큭.

팽호류가 모용병에 대한 동광천의 조롱을 듣고 웃었다.

나중에 어떻게 되는지는 알 수 없었지만 모용가의 후계자에게 저런 말을 할 수 있다는 것만으로도 높이 사 줄 만한 자였다.

그리고.

장담하건대 그 실력 또한······.

상당하리라.

"이익!"

역시나 모용병이 참지 못하고 득달같이 동봉수에게 달려들었다.

두 번째 비무가 시작되고, 팽호류와 남궁혜, 하선향을 비롯한, 비무대를 둘러싼 모두의 시선이 둘에게 집중되었다.

후우웅—!

상대를 아예 죽이려는 걸까?

모용병의 검이 살벌하게 동봉수의 머리 위로 떨어졌다. 그것은 누가 보아도 살초였다.

"저, 저런······!"

"피햇!!"

좌중이 들썩였다. 한순간에 승부가 결정이 나는 것이 문제가 아니라 사람의 목숨이 위태로웠기 때문이었다.

한데, 그럼에도 검풍을 맞아 드러난 동봉수의 표정은 태연하기 이를 데 없었고 심지어 권태로워 보이기까지 했다.

쐐애액—!

모용병의 검은 그런 동봉수의 사정을 봐주지 않고 그대로 아래로 내려쳐졌다.

"아악!"

"……아!"

모두가 고개를 돌렸다. 차마 볼 수 없었던 것이다.

아무리 무림인이라 해도 사람이 반 토막이 나는 장면은 그리 흔하게 볼 수 있는 것은 아니었으니까.

까가강.

맑은 소리가 났다.

'음?! 맑은 소리?'

그제야 고개를 돌렸던 사람들이 다시 비무대 위로 눈을 되돌렸다.

그런데!

모용병의 검이 동봉수 발 옆 청석바닥에 꽂혀 있었다.

동봉수는 단검을 든 그 자세 그대로 그 자리에 꼿꼿이 서 있을 따름이었다. 조금의 미동도 없이.

일부러 빗맞힌 것일까? 하나, 그건 아닌 것 같았다.

모용병의 얼굴에 어처구니없다는 표정이 떠올라 있었던 것이다.

이, 이게…… 어떻게 된 일이지?

그의 표정이 그렇게 말하고 있었다.

하지만 곧 그 표정은 사라지고 다시금 악독한 표정이 그 자리를 차지했다.

모용병은 바닥에 박혔던 검을 바로 뽑아 들고는 이번에는 동봉수의 옆구리를 노려 힘껏 베었다.

한데!

힘껏 내뻗어지던 검이 동봉수의 몸에 점점 가까워질수록 느려졌다. 그러곤 어느 순간 아예 멈춰 버렸다.

"크, 크아악!"

그는 젖먹던 힘까지 쏟아 내며 검을 내질러 보지만 더는 앞으로 나아가지 못했다.

아까는 뭔가 미끄러운 바위에 검을 내려친 것처럼 흘러내리더니 이제는 천 년 거석에 검이 박힌 것처럼 옴짝달싹하지 않는다.

"쓸 만하군."

동봉수가 너무 평범해서 또한 나른한 목소리로 말했다.

"익, 이익!"

모용병은 젖먹던 힘에 뒷간에서 쓰던 힘까지 더해 간신히 '허공'에서 검을 뽑아냈다.

표현이 이상할는지도 모르지만, 중인들의 눈에는 분명히 그렇게 보였다.

아무것도 없는 동봉수의 옆 허공에 '박혀 있던' 검을 모용병이 온 힘을 다해 끄집어내고 있었다. 만약 모용병의 행동이 연기라면 중원 최고의 연희꾼은 당장에 그에게 그 자리를 내줘야 할 것이다.

"후악, 후악……."

단순히 허공에서 칼을 빼내는 일을 한 것뿐인데, 모용병의 전신은 땀에 흠뻑 젖고 숨결은 말도 못하게 거칠어져 있었다.

"젠장! 뭐야 이거. 사술인가?"

항상 공손했던 모용병의 입에서 욕설이 터져 나왔다.

그만큼 어이없었고 기가 막혔다. 도대체가 듣도 보도 못한 무공이었다. 아니, 무공인지 아닌지 그 정체도 모호했다.

아니아니, 사술이 틀림없었다. 아니라면 평생을 쌓아 온 자신의 무공이 우스운 꼴이 된다.

어쩌면…….

이 자리에 있는 모두가 그런 꼴이 될지도 모르고.

사람들은 남과 다르거나 모르는 것을 두려워하기 마련이다.

과학이 처음 태동했을 때 그랬고, 자신과 같은 괴물을 처음 마주했을 때에도 그렇다.

동봉수는 그저 자신이 깨달은 무공, 초진기장을 이러저러한 방법으로 실험했을 따름이었다.

그것이 남들이 아는 것과 조금 달랐고, 남들은 모르는 새로운 길을 열었을 뿐이다.

"제기랄!"

잠깐의 휴식으로 체력을 어느 정도 회복한 모용병이 악을 쓰며 재차 동봉수에게 달려들었다.

스스스슥! 사사사삭!

천라검법 제1초식 오망살(五網撒).

천라검법 제2초식 개천암세(蓋天暗世).

…….

……

…

.

풀썩.

"……."

천라검법의 모든 초식을 썼다.

그럼에도…….

동봉수는 그 자리에서 단 한 발짝도 움직이지 않았다.

기진맥진한 모용병이 그 자리에 무릎을 꿇었다.

"하악하악……."

거세게 몰아쉬는 모용병의 숨소리가 그 끝처리까지 자세히 들릴 정도로 장내가 잠잠했다.

타박타박.

동봉수가 움직였다.

그의 손에는 여전히 단목구의 단검이 들려 있었다. 모용병 바로 앞에 당도한 동봉수가 허리를 숙여 모용병의 얼굴 바로 한 치 앞에 자신의 얼굴을 갖다 댔다.

부르르.

모용병의 몸이 눈에 띄게 떨린다.

슥.

동봉수가 손에 들고 있던 단검을 모용병의 이마에 갖

다 대었다.

모용병은 뭐가 어떻게 된 것인지도 모른 채 그대로 단검을 이마에 허용하고 말았다.

주르륵.

이마에서 흘러내린 피가 코를 지나 턱에 맺혀 바닥에 떨어진다. 맑은 핏물이 까맣게 굳은 단목구의 피딱지 위에 깔끔하게 흩어졌다.

"……."

장내가 완전한 침묵에 빠져들었다.

남궁혜의 발목이 드러났을 때나 단목구가 일방적으로 구타당할 때 흘렀던 고요함과는 달랐다.

근본적으로 달랐다. 아니, 틀리다.

충격과 이질감.

그것이 비무대를 휩쓸고 있었다.

당사자인 모용병도 뭐가 어떻게 되는지 아무것도 알지 못했고 말을 꺼낼 수도 없었다. 왜냐하면, 동봉수와 바로 한 치 앞에서 눈을 마주 보고 있었으니까.

"무공이다. 사술 아니고."

단지 네가 처음 보는 것일 뿐.

동봉수가 말했다.

*   *   *

내당 앞 비무대 주변.

그곳에도 지금 침묵이 아릿하게 내려앉고 있었다.

"……."

종지항이 태천강검을 들고 비무대 중앙에 무뚝뚝하게 서 있고, 한 사내가 그의 발 앞에 기절해 있었다.

절강팔절(浙江八絕) 파호릉(派護陵).

절강의 후기지수 중에서는 단연 첫손에 꼽히는 고수.

배경을 제하고 나면 거의 구룡에도 뒤지지 않을 것이라는 말까지 듣는 뛰어난 자였다.

그런데 그런 그가 종지항의 일검에 패배했다.

격중된 것이 아니었다. 막았었다. 분명히 막았는데 파호릉이 되려 정신을 잃었다. 그만큼 종지항의 일검에 담긴 힘이 엄청났던 것이리라.

그로써 종지항의 일검에 기절한 상대가 다섯이 되었다.

"조, 종지항 소…… 대협 결선 진출!"

연거푸 다섯 사람의 도전자를 격퇴한 사람은 결선에 진출한다.

그 새로운 원칙에 따라 종지항은 내당 앞 비무대의 첫 결선 진출자로 확정되었다.

"와아아아!"

"최고다, 진짜 최고야!"

"강력한 우승 후보의 출몰이다!"

그의 압도적인 모습을 눈앞에서 목도한 관중들은 있는

대로 환성을 질렀다.

하나, 정작 종지항은 그에 대한 아무런 감흥도 없었다.

비무대를 내려오는 그의 시선은 시종일관 북쪽을 향하고 있었다. 태천강검이 그쪽을 향해 떨고 있었기 때문이었다.

"뭔가……? 태천강검이 왜 이리도 우는 것인가? 대체 누구이관데……?"

그 방향은 바로…….

"중대로 쪽인가 보네? 동광천이 있는 쪽이?"

연영하가 입술을 작게 오물거리며 말했다.

종지항이 북쪽을 바라보는 것과는 반대로, 그녀는 남쪽을 쳐다보고 있었다.

서로 다른 방향을 향하고 있는 두 쌍의 눈.

그러나 그 눈들이 주시하는 목적지는 같았다. 바로 중대로 쪽의 비무대.

연영하는 조금 전 그쪽에서 매우 강렬한 기의 흐름을 느꼈다.

지금은 잠잠해졌지만 절대로 아무나 할 수 있는 일이 아니었다. 더 중요한 건 기의 흐름에서 아무런 감정이 느껴지지 않는다는 점이었다.

동광천, 그다.

"이랴앗─!"

그녀의 맞은편에서 눈치만 보던 상대가 연영하가 한눈을 팔고 있는 사이 달려들었다.

하지만······.

시시하다. 앞의 네 사람도 마찬가지였지만, 이번에는 특히 더 그렇다.

퍽.

그녀의 손이 앞으로 향하며 기막이 생겼다. 그것이 순간적으로 상대의 앞을 틀어막고 이내 얼굴을 뒤집어 쌌다.

"끄······."

순식간에 상대의 얼굴이 피떡이 되었다. 그는 큰 비명 한 번 질러 보지 못하고 졸도했다.

"이게 아닌데. 실수했네?"

직접 본 것은 아니었다. 하지만 다르다고 확신했다.

동광천이 한 기의 '운용'과 방금 자신이 한 짓. 그 둘 사이의 간극은 무척 컸다. 연영하는 입술을 삐죽이다가 이내 환하게 웃었다.

"뭐, 직접 보면 알겠지."

그녀는 쪼그리고 앉았다. 그러고는 머리를 처박고 의식을 잃은 자의 얼굴을 들어 보았다.

이가 모조리 빠지고 코가 완전히 뭉개져 있었다. 출혈 또한 막심했다. 요 바로 전 네 명이 흘린 피가 비무대 바닥에 눌어붙어 있었는데, 그 위에 새로운 피가 덧칠되고 있었다.

연영하는 아무렇지 않게 상대의 머리를 바닥에 다시 내려놓으며 저 멀리 멍하니 그녀를 바라보고 있는 참관인에게 말했다.

"어이, 아저씨. 뭐해요? 요번에 자빠진 이 사람이 다섯 번째 아니에요?"

"아……아, 그, 그렇군요. 하, 하영연 소협 결선 진출!"

와아아아!

참관인의 말이 떨어졌고 하영연 아니, 연영하는 무화문 밖 비무대의 첫 결선 진출자가 되었다.

시시해, 시시해. 미치도록 시시했다. 폭발할 정도로.

참지. 까짓 거 좀 참자. 저쪽에서 동광천이 기다린다. 그를 보면 이 흥분이 조금은 가라앉을 테지. 그 반대일지도 모르지만.

연영하가 무화문 밖 비무대를 내려와 남쪽으로 향하자 대회가 속개되었다.

이곳도, 종지항이 있는 내당 앞 비무대도.

그리고.

동봉수가 있는 중대로도.

"……."

다른 두 비무대와는 달리, 동봉수가 있는 중앙 비무대

를 둘러싼 중대로 근방은 여전히 가라앉아 있었다.

사람들 모두 입만 벌린 채 동봉수를 지켜볼 따름.

지붕 위 하선향도, 참관인석의 남궁혜도, 비무대 아래의 팽호류도, 그의 바로 앞에 무릎 꿇고 있는 모용병도.

"……져, 졌습니다……."

그가 동봉수의 심연 같은 눈을 피하며 간신히 패배를 시인했다. 그러고는 일어서서 힘없이 비무대 아래로 내려갔다.

이변.

우승 후보 중 하나로 꼽히던 구룡 중 한 명이, 예정되지 않은 예선에서 너무도 쉽사리 떨어졌다.

"저, 저, 저……."

저렇게 강했다니!

하선향은 너무 놀라 지붕 위에 주저앉고 말았다.

그가 갑자기 비무대로 뛰어들기에 놀랐었다. 대체 왜 모용병 같은 고수와 무리해서 상대할까 하는 의문이 들었다.

당연한 일이다. 기다리기만 하면 더 쉬운 상대를 만날 수 있을 터인데.

한데 이제 봤더니 그럴 필요가 없었다.

저, 저 사람은 화예지나 그녀가 생각했던 것보다 훨씬 고수였다. 그것도 측정하기 어려울 정도로.

두근두근.

조마조마하여 터질 것 같았던 심장이, 이제는 또 다른 의미를 가지고 맥동하기 시작했다. 그렇게 그녀의 심장에 동광천이라는 이름이 더욱 강렬하게 새겨질 그때.

팽호류의 심장도 거세게 뛰고 있었다.

삼성(三星) 중 한 명이라는 허명(虛名)을 얻었을 때에도 아무런 느낌이 없었다. 그저 다른 두 명의 신성(新星)들을 만나 보고 싶을 뿐이었다.

모용병을 비롯한 몇 명의 구룡들을 만나 봤지만, 구룡이라는 이름은 삼성이란 이름보다 더욱 허허로웠다. 빛 좋은 개살구에 다름아니었다.

저자! 동광천!

다르다.

풍기는 느낌부터 실력, 저 특이한 신묘함 그 모든 것이 온몸을 짜릿하게 만들 정도다.

팟.

그의 발이 자신도 모르는 사이에 바닥을 박차고 있었다.

휘리릭.

차가운 봄기운이 전신을 때렸지만, 추운 줄 몰랐다. 인지하지 못하는 사이에 이미 비무대 위에 그가 내려서고 있었다.

덩치에 걸맞지 않은 가벼운 발소리가 상대의 시선을 그한테로 끌어왔다.

"팽호류요."

팽호류라는 말에 군중들이 다시 한 번 술렁거렸다.

동봉수도 그 이름을 들어 본 바가 있었다.

패성(覇星) 팽호류.

중원에 나타난 새로운 세 신성 중 한 명.

도성 도허옥이 저쪽에 다른 모습으로 변해 있으니 정확히는 남은 두 명 중 한 명.

그리고.

현 하북팽가의 가주.

다른 설명이 필요 없었다.

백세포(白細布)로 몸을 둘러싸고 옷의 끝선과 깃, 소맷부리에 모두 검은 비단으로 펄럭이는 선을 만든 심의(深衣)를 입은 팽호류의 모습이 꽤나 정갈하고 깔끔했다.

하나, 그 모습과는 대조적으로, 등에 걸머멘 넓고 커다란 박도를 보면 매우 패도적인 느낌이 났다.

원래부터 박도 자체가 매우 긴 칼이었지만, 팽호류의 것은 더욱 길어서 육 척에 달하는 그의 키만큼이나 길었다. 박도의 끝이 바닥에 끌릴 정도.

턱은 각이 지고 텁수룩한 구레나룻과 지독히도 강렬한 안광을 뿜어내는 호목(虎目)은 가히 일대종사(一代宗師)의 풍모를 뿜어내고 있었다. 그럼에도……

그는 매우 젊었다.

비록 구레나룻 탓에 조금 나이가 들어 보이기는 했지

만, 그래도 이십대 후반을 넘지는 않으리라.

저 젊은 나이에 중원 사대세가 중 하나의 가주라…….

동봉수가 잠시 그를 바라보다가 입을 열었다.

"그것이 오호단문도(五虎斷門刀)구려."

"그렇소."

팽호류가 박도를 풀어 양손으로 쌍수대(雙手帶)를 거머쥐었다.

단순한 동작 하나였지만 그것만으로도 패도적인 기운이 물씬 흘러나왔다. 동시에 그의 손목을 둘러싼 흑선(黑?)이 거세게 부풀어 올랐다.

팽호류의 내공이 얼마나 정심한지 보여 주는 것인 동시에 그가 동봉수를 얼마나 진지하게 생각하는지 알 수 있었다.

그가 참관인석의 남궁혜를 바라보며 말했다.

"한 번 더 실례를 범해도 되겠소이까? 남궁 소저?"

모용병이 했던 것처럼 자동 진출의 권리를 스스로 포기하는 것을 실례라고 표현하는 팽호류였다.

남궁혜로서는 어차피 상관이 없었다.

아니, 오히려 반가운 일이었다. 조금 전 동봉수가 전해 준, 그 기묘한 충격이 진짜인지 아닌지 알 수 있는 좋은 기회가 생길 터인데, 무엇하러 마다하겠는가.

그녀가 가볍게 웃으며 고개를 끄덕였다.

"네, 팽 가주님. 얼마든지요."

팽가주라는 말에 장내가 다시 한 번 시끌시끌해졌다. 남궁혜가 확실히 확인해 준 때문이다.

하북 제일고수인 패성 팽호류 대(對) 정체불명의 신비 고수.

예상치도 못한 큰 시합이 결선도 아닌, 예선에서 벌어지게 되었다.

우와아아아아아!

그들이 쏟아 내는 열광성에 다른 남북 양 비무대 쪽에 퍼져 있던 관중들이 중대로 더욱 몰려들었다.

"그대의 병기는 무엇이오? 그것일 리는 없고……."

팽호류가 슬쩍 한 번 동봉수의 손을 본 후 물었다.

동봉수는 들고 있던 단검을 조용히 바닥에 내려놓았다.

그러고는 품속에서 검 하나를 꺼냈다. 피가 덕지덕지 눌어붙어 시꺼멓게 변색된 검이었다.

낭인검.

이제는 동봉수의 상징과도 같은 검이었다. 물론 아직 중원의 누구도 알지는 못했지만.

"이것이오."

"부러울 정도로 진짜 검이구려."

진짜 검.

팽호류가 보기에 낭인검이 그랬다.

도대체 얼마나 많은 싸움을 겪으면 저런 색을 띨 수 있을까? 그러면서도 아직 녹슬지 않고 검으로서의 기능을 다하고 있다니.

물론 자신이 들고 있는 오호단문도도 진짜배기 도였다.

하북팽가의 표상(表象)이자 가주의 표식.

그는 강호에 출도한 이후 단 한 번도 이 오호단문도를 양손으로 휘둘러 본 적이 없었다. 한데, 지금 그는 양손으로 오호단문도를 들고 있었다.

"내 두 손이 처음으로 부족하다는 생각이 드는구려."

그것이 팽호류의 실제 마음이었다.

그는 어렴풋이 느낄 수 있었다. 저 권태로워 보이는 사내가 얼마나 강한 자인지를.

그래서 더 기꺼이 도를 풀어 양손으로 들 수 있었다.

동봉수는 한 손으로는 뒷짐을 지고 다른 한 손에 쥔 낭인검을 수평으로 떨쳤다가 천천히 아래로 내렸다. 그 나름의 기수식(起手式)이었다.

"들어오시오."

"그럼 사양하지 않고 먼저 들어가겠소이다. 이랴앗!"

드디어 싸움이 시작되었다.

쿵, 쿵, 쿵, 쿵!

팽호류의 거구만큼이나 큰 발소리가 났다.

이것은 그의 신법이 형편없어서 그런 것이 아니었다. 오히려 그의 발끝에 얼마만큼 큰 진기가 집중된 것인지 보여 주는 것이었다.

웬만한 쇠붙이보다 단단한 청석바닥이 그의 보보마다

움푹움푹 패였다.

동봉수는 가만히 보고 있다가 낭인검을 쭉 앞으로 뻗었다.

특별한 초식이 추가되지 않은, 스킬 [직도황룡]이었다.

[삼재검법(三才劍法) 제2초식 직도황룡(直搗黃龍) Lv.Max 숙련도 : 0%]

무림에 흔하디흔한 검법. 내공이 없는 범인들도 익힐 수 있다.

직도황룡은 찌르기의 강화판.

이 스킬의 모든 행동 보너스치는 관련스킬의 숙련도 및 검기/검강의 시전유무와 관련이 있습니다.

현재 적용 레벨 : Lv.Max (플레이어는 이 스킬의 레벨 수위를 조절할 수 있습니다.)

찌르기(刺) 사정거리 보너스 : 10%

찌르기(刺) 공격력 보너스 : 10%

찌르기(刺) 시전속도 보너스 : −9%

회당 진기 소모 : 120 JP

"헛! 좋구려!"

팽호류가 움직임을 멈췄다.

동봉수의 검이 자신의 도에 닿지도 않았는데 어마어마한 검풍이 먼저 밀려 들어왔기 때문이었다. 사실은 사정거리 보너스에 의해 공격 범위가 넓어진 것이었지만 팽호류가 알 도리는 없었다.

팡!

옆으로 세운 오호단문도에 검풍이 와서 닿았다.

강하기는 했지만 감당할 정도는 된다 여겼다.

팽호류는 동봉수의 공격을 막은 후 곧장 다시 앞으로 나서며 도를 옆으로 베듯 휘둘렀다.

동봉수는 여전히 한 손을 뒷짐 진 채 낭인검을 오호단문도가 오는 쪽으로 떨쳤다.

특별한 초식은 아니었다. 금방처럼 단지 스킬 [횡소천군]의 묘용만 사용해서 옆으로 벤 것이었다.

하나 그것이 가지고 온 결과는 보통 사람은 이해하기 어려운 것이었다.

"이런!"

분명히 공격한 건 팽호류였는데 튕겨져 나간 것 또한 팽호류였다.

[연격(連擊) (패시브) Lv.2 숙련도 : 55.56%]

초식(招式)이 없이, 오직 실전으로만 검을 익힌 낭인의 검격은 투박하지만 예측불허하기에 무섭다. 무엇보다도 낭인은 적이 비록 자신의 검에 격중 되지 않았다 하더라도 절대로 포기하지 않고 끈질기게 물고 늘어진다. 한 번에 베지 못한다면, 두 번, 세 번, 심지어 백 번도 넘게 휘둘러 반드시 적을 격살한다.

연이어 플레이어의 공격을 받은 적에게 특수한 상태이상을 일으킨다.

· 2연격 성공 시, 적에게 '출혈(出血)' 을 일으킨다. 2연격 실패 시, 적을 뒤로 밀어낸다. (Lv.1 활성화)

· 5연격 성공 시, 적이 '둔화(鈍化)' 한다. 5연격 실패 시, 플레이어가 '광분(狂奔)' 한다. (Lv.2 활성화)

※ 잇따른 공격이 연격으로 인정되기 위해서는 공격과 다음 공격이 1초 안에 이루어져야 한다. 발생하는 상태이상의 효과는 레벨에 따라 차이가 난다.

[2연격 실패. 플레이어가 적을 뒤로 강하게 밀쳐 냅니다.]

스킬 [연격]은 패시브였기에 굳이 동봉수가 의식하고 있지 않더라도 자동으로 발동한다.

하지만 당한 팽호류와 구경하고 있던 관중들에게는 완벽히 다른, 특별한 무공처럼 느껴졌다.

"대, 대단하다! 패성을 맞아 전혀 밀리지 않아!"

"밀리지 않기는 무슨! 공격하는 팽호류가 오히려 뒤로 튕겨져 나갔지 않은가!"

팽호류 또한 관중들 못지않은 신선한 충격을 받았다.

상대가 강하다는 건 이미 주지의 사실이었다. 하나, 이정도일 줄이야…….

그래서 기뻤다.

혹, 생각보다 강하지 않으면 어쩔까 조금 우려했었는데…… 이 정도면 전력을 다해도 좋지 않겠는가?

팽호류는 [연격]에 밀려나면서 흐트러졌던 자세를 바로 잡았다. 그러고는 웃으며 입을 열었다.

"하하하! 아직 그대가 온 힘을 다하지 않고 있다는 걸 잘 알고 있소. 하지만 이제부터는 전력을 다하지 않으면 안 될 것이오이다."

동봉수 또한 팽호류가 전력을 다하지 않고 있다는 걸 잘 알고 있었다. 왜냐하면.

띠링띠링띠링, 띠리리리리링…….

귓전이 비무대에 올라오면서부터 시끄러웠다.

처음에는 남궁혜 때문인 줄 알았었다. 하지만 팽호류가 비무대에 올라오면서 그것이 아니라는 것이 드러났다.

영안이 경고하는 거리가 줄어들고 있었던 것이다.

저자는 자신보다 레벨 10 이상 높다.

Lv. 45 이상.

동봉수가 뒷짐진 한 손을 앞으로 내렸다. 그러고는 나직하게 입을 열었다.

"들어오시오."

펑, 펑!

청석 바닥에 다시 한 번 팽호류의 족적이 생겼다.

아까 것보다 훨씬 더 깊었다. 게다가 그 소리 또한 마치 폭탄이 터지는 것 같았다.

아니, 실제로 팽호류가 바닥을 밟을 때마다 비무대가 터져 나가고 있었다.

파바바박!

부서진 청석 파편이 전광(電光)처럼 동봉수를 향해 세차게 몰려들었다.

우우웅.

초진기장이 출렁거린다. [초보자의 ???]가 바쁘게 초진기파를 쏟아 냈다.

초진기장은 극도로 민감하다.

작은 청석 조각 하나 놓치지 않고 모두 공중에 붙들어 맸다. 아까 모용병의 검이 공중에서 서서히 멈췄던 것처럼 청석 조각들도 차츰 느려지더니 이내 모두 허공에 멈춘 채 부유했다.

팽호류가 그 사이사이를 가르며 폭주했다. 가공할 초진기파가 그의 몸과 오호단문도에 쏟아졌지만, 그의 패도적인 신법을 중도에서 막기에는 역부족이었다.

"으랴아아아앗!"

동봉수의 일장 앞까지 도달한 팽호류가 오호단문도를 종으로 내려쳤다.

퍼버버버버버벅!

분명히 오호단문도는 아래로 떨어져 내리고 있었는데,

도파(刀波)는 사방으로 휘몰아쳤다. 이에 공중에 떠 있던 청석 조각들이 일시에 부서져 나갔다.

"저, 저게 뭐지?

"팽가에 저런 도법도 있었나?"

팽호류가 일으킨 도파는 강력했다. 비무대 아래에서 보던 구경꾼들의 머리칼이 휘날릴 정도로.

하물며 그 가운데 서 있는 동봉수가 느낄 파장은 어떠할 텐가?

찌지직.

초진기벽(超眞氣壁)을 뚫고 들어온 도파 한 줄기가 동봉수의 뺨에 길게 도흔을 남긴다.

그래도 동봉수는 눈 하나 깜짝하지 않았다.

팽호류의 도가 한 치 한 치씩 가까워져 갔다. 동봉수가 느끼는 압력도 한 근 한 근씩 높아져 갔다.

그러던 어느 순간, 동봉수가 위쪽으로 쭉 손을 뻗었다.

검을 쥔 손이 아니었다. 빈손을 오호단문도 쪽으로 내민 것이었다.

"……!"

그 순간 도파가 멈췄다.

게다가 그게 끝이 아니었다!

끼링끼링.

오호단문도가 진음(震音)을 토해 냈다. 그러더니 어느 때에 이르자 팽호류의 몸 전신이 학질에 걸린 양 덜덜 떨리기 시작했다.

"큭!"

팽호류가 얕은 신음을 흘리며 뒤로 훌쩍 물러섰다.

잘못하다가는 오호단문도를 놓칠 것 같았다. 아니, 어쩌면 부서질지도 모른다고 느꼈다. 그 상태가 촌각만 더 지속되었어도 분명히 그랬으리라. 더 나아가 자신의 사지 육체가 분해될 수도 있었다.

초공명(超共鳴).

초진기파와 도파의 파형이 거의 같은 진동수에 수렴하면서 일어난 현상이었다.

팽호류의 입가에 가는 핏줄기가 흘러내리고 있었다.

오호단문도의 공명 현상 때문에 그의 내부도 따라 진탕된 탓이었다.

하나, 그건 비단 팽호류뿐만은 아니었다.

동봉수의 입술 밖으로도 설핏 핏물이 보였다. 무리한 진기의 운용에 따른 결과였다.

처음으로 제대로 된 내상을 입은 것이다.

초진기장의 새로운 운용법을 찾았지만, 아직은 무리가 따르는 기술이었던 것이다.

"이건 무슨 무공이오?"

팽호류가 말했다.

"초진기공명(超眞氣共鳴)."

동봉수가 대답했다.

팽호류는 그게 뭔지 몰랐지만, 왠지 어울린다고 생각했다.

"오호단문도 제1초식 종횡사해(縱橫四海)요."

묻지도 않았는데 조금 전 자신이 펼친 초식을 알려 주는 팽호류였다.

그저 그러고 싶었다. 상대는 자신이 창시한 오호단문도법의 첫 상대자로서 아무런 부족함이 없는 자였기에.

그때 그의 귀에 동봉수의 무심한 음성이 와 닿았다.

"이곳은 비무대요."

짧은 말.

하나, 팽호류는 그 의미를 금세 깨달았다. 그가 아까 모용병에게 말했었다. 비무대 위에서는 문답무용이라고.

그렇다. 이곳은 비무대 위, 입은 무용지물이다.

검이 물었을 때…… 칼이 답하면 그만이다.

"하하핫! 그렇구려. 그럼 가오! 하야앗!"

이번에도 선공은 팽호류의 몫이었다.

새하얀 도신이 비무대 위를 누볐다.

그리고 보이는 다섯 개의 도광. 오호단문도가 오방을 점하고는 동봉수의 전신을 찔러 들어갔다.

오호단문도 제2초식 오호파석(五虎破石)이었다.

다섯 마리 호랑이가 가운데 놓인 거석을 부술 듯 몰아친다 하여 붙여진 이름이었다.

펑퍼버버벙!

아직 도식(刀式)이 완전히 펼쳐진 것도 아닌데 동봉수를 둘러싸고 있는 비무대 바닥이 사정없이 파였다.

동서남북과 상.

물리적으로, 동봉수가 빠져나갈 구멍은 없었다.

도풍에 그의 백색 머리칼이 사정없이 휘날린다. 드러나는 지독히도 무감정해 더없이 소름 끼치는 양눈.

사실 지금 스킬 [보법]을 쓰면 한순간에 이 위기를 헤쳐나갈 수 있었다. 하지만 그러지 않았다.

동봉수의 낭인검이 그의 팔을 축으로 팽이처럼 고속회전하기 시작했다.

티무르 칸의 자전검 혹은 마모로타의 대력패전을 응용한 무공이었다.

한데 그 속도가 티무르 칸이나 마모로타의 그것보다 훨씬 더 빨랐다. 그 이유인즉슨, 손과 손가락의 스냅에 더해 초진기파가 검 주변을 끊임없이 휘감아 돌았기 때문이었다.

웅웅웅웅―!

수만 마리의 벌이 우는 소리가 이럴까?

낭인검의 검 주변에 둘러쳐진 수십 수백 겹의 자전검기가 광폭하게 울어 댔다.

검환(劍環)으로 발전한 자전검기는 점점 그 영역을 넓혀 갔고, 이내 오호단문도가 만들어 낸 오방도기(五方刀氣)와 충돌했다.

쾅! 쾅! 쾅! 쾅! 쾅!

천지가 붕괴하는 듯한 폭음이 비무대 위를 덮쳤다.

동시에 동봉수와 팽호류 주변의 청석이 일제히 터져 하늘 위로 비산했다. 그에 군웅들의 시야가 일시에 가려질 정도였다.

고작 예선 1차전 대결에서 무림맹에서 애써 만든 비무대가 완전히 망가진 것이었다.

하지만 그것은 동봉수와 팽호류, 둘에게는 전혀 중요한 문제가 아니었다. 그들은 먼지처럼 휘날리는 청석 가루 안에서 미친 듯이 공방을 주거니 받거니 하고 있었으니까.

범이 날뛰고 용이 솟아오르는 것처럼 먼지들이 이리저리 휩쓸렸다.

이것이 과연 피륙으로 만들어진 인간들의 대결인가?

군웅들은 그저 입을 쩍 벌리고 마른 침을 삼킬 따름이었다.

도저히 누가 우세한지 전혀 가늠할 수 없었다. 하지만 그 안의 실제 대전에서는 서서히 그 우열이 가려지고 있었다.

[5연격 실패. 플레이어가 광분합니다.]

동봉수가 [연격 Lv. 2]의 효과로 말미암아 [광분] 상태에 돌입했기 때문이었다.

[광분]한 동봉수의 공격력이 1분간 1% 상승했다. 하지만······.

2%, 3%, 4%······.

점점 올라갔다.

광분의 효과가 중첩 가능했던 것이다.

[연격]이 Lv.2가 된 이후 그의 공격을 5번 이상 막아낼 만큼 강한 적이 없었기에 그 효과에 대해 정확히 확인할 수 없었는데, 이번에 확실히 알게 되었다.

하나, 동봉수는 그걸 확인했다는 사실보다는 끝나가는 전투에 아쉬움을 느꼈다.

어차피 처음부터 자신이 이길 싸움이었다. 그한테는 [스킬]이라는 반칙이 있었다.

그것을 뺀, 온전한 무공만을 가지고 자신의 위치가 어느 정도인지 알고 싶었는데······.

아쉽다.

동봉수가 감정, '아쉬움'을 배웠다.

그가 태어나서 처음으로 퇴화(退化)했다.

하지만······.

더욱 강해졌다.

퍽!

낭인검이 팽호류의 어깨에 격중되었다. 깊이 들어가지는 않았다.

하지만 그걸로 둘 사이의 승부가 결정지어졌다.

패배한 팽호류가 웃고 있었다.

승리한 동봉수는 무표정했다.

서서히 걷히는 청석 가루 사이로 둘의 모습이 만천하에 드러났다.

검을 허용한 자는 웃고 있고, 상대의 어깨를 벤 자는 무표정하다? 언뜻 구경꾼들은 누가 승자이고 패자인지 쉽사리 알지 못했다.

하나,

"내가 졌소이다."

패배 선언이 결과를 확정지었다.

스륵.

동봉수가 팽호류의 어깨에 박힌 검을 뽑고는 몸을 돌렸다.

그의 눈에 엉망진창이 된 비무대가 보인다. 더불어 낭인검에 새로 묻은 팽호류의 피냄새가 코를 간지럽힌다.

그가 고개를 숙여 낭인검을 응시했다. 죽이지 않았는데 낭인검이 더욱 검붉게 변했다.

그리고.

"우와아아아아아아아!"

"신성이 패성을 꺾었다!"

거짓 영웅으로서의 첫발을 떼었다.

　　　　　　*　　*　　*

　우우웅—

　태천강검이 미친 듯 울어 젖힌다.

　종지항은 검을 뽑고 싶었다. 당장 비무대 위에 오르고
싶다.

　하나, 그에게는 이미 예선을 치를 권리가 없었다. 그의
예선은 이미 다른 비무대에서 끝이 났고, 이제는 결선을
기다려야만 한다.

　부르르 떨리는 태천강검을 따라 그의 손도 떨린다.

　그 탓일까?

　언젠가 종남산에서 사부와 나눴던 대화가 떨리듯 뇌리
에 떠올랐다.

　[천하무적(天下無敵)을 다른 말로 무엇이라고 하는지 아느
냐? 한 번 써 보거라.]

　종지항은 천하무쌍(天下無雙)을 썼다.

　[아니다. 다시 써 보아라.]

　이번에는 천하제일(天下第一)을 썼다.

　[쯧쯧쯧. 아니, 아니다. 다시 써보거라. 내가 네놈에게 항상
무엇이라고 하더냐?]

　[…….]

　사부가 무엇을 원하는지 몰랐기에 종지항은 더 이상 아무것도

140 절세광인

적을 수가 없었다.

　[정저지와(井底之蛙)라고 했느니. 하늘 밖에 또 다른 하늘이 있는데[天外天], 우물 안 개구리는 자기가 보는 하늘이 전부인지 알지. 고작 우물에서 보이는 하늘 아래서 최고가 된 것뿐인데 저 높고 넓은 진짜 하늘 아래에서 최고인 양 뻐기느니라. 그것이 천하무적이고 천하무쌍이고 천하제일이니라.]

　[…….]

　[네놈도 똑같아 이놈아. 고작 종남산이라는 좁은 우물 속에서나 천둥벌거숭이처럼 뛰어다니는 거지. 저 바깥세상으로 나가봐라. 하늘 밖에서 뛰어노는 또 다른 큼지막한 개구리들을 볼수 있을 것이니라.]

　[그럼 진짜 천하무적이 되려면 어찌해야 합니까?]

　[어쩌긴 이놈아. 우물 밖에 나간다고 하늘이 끝이고 우물이끝인 줄 아느냐? 우물을 벗어나면 또 다른 우물 속일 뿐이니라. 네놈이 우물을 벗어나면 벗어날수록 우물은 넓어지고 하늘은 높아질 따름이니라. 네놈 우물에 하늘을 온전히 담을 수 없다면, 우물을 부수고 또 부수어라. 우물을 넓히고 하늘을 높이다 보면언젠가는 진짜 하늘과 마주하는 날이 오지 않겠느냐.]

　[그래도 끝내 하늘을 진정으로 마주 대하지 못한다면 제자가어찌해야 합니까?]

　[어쩌긴 뭘 어째 이놈아. 그때는 이렇게 하면 될 것이 아니냐. 하하하하.]

　…….

......

...

.

사부의 호탕한 웃음소리를 끝으로 종지항은 회상에서 깨어났다.

그러고는 고개를 들어 하늘을 바라봤다. 그때 봤던 하늘과 그 색은 같았지만, 훨씬 넓어졌고 높아져 있었다.

그는 검을 검집 채로 들어 하늘을 향해 일(一) 자를 그었다.

"맞습니까? 이렇게 하는 게. 사부?"

당시 사부는 종지항이 써 놓은 천하라는 글자를 태천강검으로 베었었다.

그래서.

남은 글은 무적, 무쌍, 제일이 되었다.

[어떠냐? 하늘이 지워지니 그냥 무적이고 무쌍이고 제일이 아니더냐. 하하하하.]

종지항은 고개를 내려 동봉수를 다시 한 번 바라보고는 몸을 돌려 중대로를 떠났다.

같은 시기, 연영하도 비무대 맞은편 관중석에서 동봉

수를 바라보고 있었다.

그녀는 여타의 구경꾼들을 따라 박수를 치고 있었다.

지난번에도 세 번이나 봤었다.

그때는 저자, 동광천이 싸우는 모습을 한두 번만 더 보면 그 싸움 방식의 형(形)을 읽어 낼 수 있을 것이라 생각했었는데…… 오판이었다.

"노백, 봤어?"

언제나처럼 그녀의 뒤에는 노백이 그림자처럼 따르고 있었다.

"네, 아가씨."

"그럼 관전평 한 번 들어 볼까?"

"……."

봤지만, 또한 아무것도 보지 못한 것과 마찬가지였다.

노백은 그저 저자의 움직임을 훔쳐본 정도였지 그것을 평할 수 있을 정도는 아니었던 것이다.

"그래, 그렇지. 노백이 제대로 봤을 리가 없지. 근데 노백, 그거 알아? 저자, 귀중귀는 지난번 박투에서 쓰던 무공을 하나도 다시 쓰지 않았어. 그러고도 저 팽가의 가주를 제압했어."

그랬다.

연영하의 말이 정확했다.

지난번 동봉수가 싸우는 걸 봤을 때 그는 사라졌다가 나타났다가 신출귀몰하는 신법을 썼었고, 여러 개의 검을 자유자재로 가지고 놀며 살영단을 유린했다.

한데, 오늘은 전혀 다른 방식으로 싸웠다.

도대체가…….

"그 끝이 어딘지 모르겠어. 당신."

연영하의 눈동자가 새까맣게 물들었다.

"뭐, 어차피 며칠 후면 알 수 있겠지."

칠흑 같은 눈동자가 광기에 젖어 번들거린다.

그 어느 순간.

다 부서진 비무대 위로 올라오는 가녀린 신형이 그 눈망울에 어른거린다. 남궁혜였다.

"헤헤헤, 재밌는 인간이 저기 또 하나 있었네? 사내자식이 계집의 탈을 써? 게다가 꽤 갖고 놀 만한 실력까지 갖추고 있어 보이잖아?"

역시 중원으로 나오길 잘했다.

정말 이곳 중원은 그녀에게 최고의 놀이터였다. 뭐, 아직은 본격적으로 놀 때가 아니었지만 어쨌든 그렇다.

어차피 결선이라는 큰판이 조만간에 벌어질 터.

조금, 아주 조금만 더 참자. 지금까지 참았는데 그깟 며칠 더 못 참으랴.

종지항에 이어 연영하도 몸을 돌려 중대로를 떠났다. 그런 그녀의 뒤로 딸랑이는 맑은 방울 소리가 울렸다.

한 식경 동안 새로운 도전자가 나타나지 않았기 때문이었다. 패성 팽호류와 같은 엄청난 고수를 격파한 동봉수에게 도전할 간 큰 도전자가 더는 없었던 것이다.

"동광천 소협 결선 진출!"

남궁혜의 옥음이 담담히 떨어졌고, 동봉수의 결선 진출이 확정되었다.

우와아아아아아아아!

동봉수의 시선이 광분하는 군중들을 지나, 단약실로 가고 있는 팽호류, 등을 돌려 떠나는 종지항과 연영하, 그리고 남궁혜를 향했다.

하나 그 어디에도 오래 머물지는 않았다.

그의 눈이 마지막으로 머문 곳은 하선향이 있는 지빈각 위였다.

팟.

동봉수가 다시 지빈각 지붕 위로 날아갔다.

그의 발아래로 사람들이 연호한다.

환호하는 손들이 공허하게 허공을 휘젓는다. 자신들이 뭘 보고 소리치고 있는지도 모른 채 웃고 선망(羨望)한다.

타닥.

하선향 옆에 착지한 동봉수는, 곧 지붕 아래 지빈각의 회랑으로 내려서서 중대로를 빠져나갔다. 하선향은 잠시 머뭇거리다가 그의 뒤를 따라 사라졌다.

동봉수를 향한 환호성은 그가 떠난 후에도 한동안 이어졌다.

*   *   *

후루룩.

현천진인이 찻잔을 입에 가볍게 대었다가 내렸다. 여
느 때라면 홀로 다과를 즐길 시간이었지만 오늘은 예외였
다.

그의 맞은편에 머리를 파르라니 깎은 승려가 앉아 있
었다.

회색 장삼 위에 대홍라가사(大紅羅袈裟)를 정갈하게
걸친 노승.

매끈하게 면도했으나 까끌까끌하게 살짝 돋은 백염백
미가 인상적이다. 그도 현천진인을 따라 차를 한 모금 들
이키고는 탁자 위에 찻잔을 놓았다.

"아미타불. 새로이 설치한 비무대 세 개 중 하나가 벌
써 부서진 것을 보았습니다."

얼굴에 새겨진 세월의 흔적만큼이나 중후한 멋이 느껴
지는 노승의 목소리였다.

그를 마주 보며 현천진인이 도호를 내리깔았다.

"상합허도. 네, 어쩌다 보니 하루 만에 그렇게 되었습
니다그려. 허허."

"노납(老衲)이 조금 늦었군요."

찻잔 속 찻물 위에 둥그런 달이 떠 있었다. 노승의 말

마따나 그가 조금 늦었다. 바로 조금 전에야 무화문을 통과해 이곳 천통전에 들었으니.

"아닙니다. 비무대회는 이제 막 시작했습니다. 허허."

좋은 구경거리를 늦어 놓쳤다는 노승의 에두른 말에, 마찬가지로 둘러 대답하는 현천진인이었다.

"그렇겠지요. 며칠 더 있다고 해서 젊은이들이 어디 도망가는 것은 아니지요. 한데 중앙 비무대를 그렇게 만든 둘이 누구였는지요? 너무 궁금하군요. 저도 들어 알 만한 청년들이겠지요?"

노승은 평소와 달리 너무도 많은 말을 한 번에 쏟아 내고 있었다. 그만큼 오랜만에 무림맹에 와서 놀랐다는 뜻이었다.

설치된 비무대의 규모를 보고 먼저 놀랐고, 중대로의 파괴된 비무대를 보고 다시 한 번 놀랐다.

어떤 두 고수의 치열한 격전의 흔적이 그곳에 고스란히 남아 있었다.

도저히 젊은이 둘이 손을 나누었다고는 믿기 어려운 자취였다.

후릅.

현천진인이 다시금 찻잔에 입술을 대었다가 떼며 말했다.

"팽가의 가주와 동 가 광천이라는 사람입니다."

"당대 팽가의 가주가 천하청비무대회에 참가할 정도로

젊다는 말씀이시로군요."

"무림의 동량이자 팽가의 홍복(洪福)이지요."

"하면 그에 맞선 자는 누구였는지요?"

이미 이름을 들어 알았으니 그 내력을 묻는 것이리라.

현천진인이 백염을 한 번 쓰다듬고는 말했다.

"동 가 광천, 그것이 전부입니다."

이름 이상의 정보가 없다는 현천진인의 대답이었다.

"초출이란 말씀이시군요."

"상합허도. 그렇습니다, 대사."

"실로 놀랍군요. 초출에 팽가의 가주와 그 정도의 손속을 나누다니요. 비록 예선 탈락이지만 노납이 따로 만날 수는 없는지요?"

노승의 말에 현천진인이 은은한 미소를 지으며 말했다.

"대사. 대사께옵서도 처음에는 초출이셨습니다그려. 허허."

"……."

"며칠만 참으시면 자연스레 그를 만나 보실 수 있을 겝니다."

처음에는 초출이었다? 너무도 당연한 말인지라 노승은 처음에는 무슨 말인지 이해하지 못했다.

하지만 곧 그는 현천진인의 말이 무슨 말인지 알 수 있었다.

노승은 초출 이후 단 한 번도 패한 적이 없었다.

현천진인의 방금 말은 노승에 빗대어 팽가가주와 싸운 그 젊은이를 표현한 것이었다.

초출의 무적자란 뜻?

승자는 팽가가주가 아닌, 그 상대방이었던 것이다!

노승은 무척 놀랐다.

"사승관계가 어찌 되는지도 전혀 알 수 없는지요?"

"확실치는 않으나 병공의 제자가 아닐까 사료됩니다."

"허— 병공 시주께서 제자를 거두었다는 말씀이십니까? 노납이 소실봉에서 밥이나 짓고 있는 사이 많이 변하셨나 봅니다?"

"그 정도의 재능을 가진 제자를 얻는 것이라면 누구라도 변해야 하지 않겠습니까? 허허."

"하긴 그렇군요. 긴나라전을 이어 지킬 사람을 찾으러 내려와 놓고 노납이 너무 생각이 없었습니다. 하지만 조금 아쉽군요."

병괴의 제자라면 양보받을 가능성이 없었다. 그렇기에 그런 아쉬움을 느끼는 것이리라.

그 이후에도 둘은 한동안 천하청비무대회와 새로 나타난 젊은 고수들에 대해서 대화를 나눴다.

그러던 어느 순간, 노승이 이야기의 방향을 약간 틀었다.

"하온데, 천통전으로 오면서 봤는데 무림맹에 실로 어울리지 않는 시주들이 많이 보이더군요. 처음에는 이번

비무대회를 틈타 끼어든 훼방꾼들이라 여겼는데, 복색을 보니 무림맹 소속이 대부분이더군요. 어찌 된 연유이온지요? 특히 군자를 입은 천하절색(天下絶色)의 사내까지 보았습니다."

치마를 입은 경국지색의 남자.

어울리지 않는 조합이었지만, 노승은 실제로 그런 인물을 이곳에 오는 길에 봤었다.

현천진인은 노승의 말에 너털웃음을 터뜨렸다. 그도 노승이 말하는 이가 누구인지 잘 알고 있었기 때문이었다.

"허허허. 보셨군요? 부끄럽습니다. 그 아이는 잡스러운 그림자이지요."

"지금 잡스러운 그림자라고 하셨습니까?"

"상합허도. 대사께오서도 아실 것입니다. 본(本)이라는 무림의 큰 그림자."

본.

현천진인의 입에서 본이라는 이름이 나왔다.

후르릅.

노승은 본이라는 이해하기 어려운 단어에도 별로 놀라지 않았다. 이미 알고 있었기에 전혀 뜻밖이 아니라는 의미였다.

노승은 차를 한 모금 들이킨 후 입을 뗐다.

"드디어 그들의 그림자가 무림에 드리우기 시작했나

보군요. 그렇다는 것은 역시 천마가 그때 극음천살성을 온전히 처리하지 못했다는 뜻이로군요."

"못한 것인지 안 한 것인지는 확실치 않지만…… 대사의 말씀이 맞는 듯합니다."

"허— 그것참 큰일이로군요. 그렇다면 현세에 두 명의 극음천살성이 강림할 수도 있다는 뜻이 아닙니까?"

"그렇지요. 그래서 본도가 대사께 지원을 요청한 것입니다."

"그렇군요. 허면 노납이 무엇을 도와드리면 되겠습니까?"

"승찬대사께옵선 그저 이곳에 모인 이들 중 극음천살성을 가려내 주시기만 하시면 됩니다. 그 이후 일은 맹에서 알아서 처리하도록 하겠습니다."

승찬.

현천진인은 노승을 그렇게 칭했다.

"아미타불. 알았습니다. 노납이 무림의 안녕을 위해 그 정도 못하겠습니까."

"상합허도. 고맙습니다."

달이 서서히 기울어 가고, 천하청비무대회의 첫날이 완연히 저물어 가는 밤.

무림맹의 심지, 천통전에서 무림의 두 거인이 찻잔을 기울이고 있었다.

　　　　*　　　*　　　*

　언제나 그렇듯 신성의 등장은 세상을 들뜨게 한다.

　이번에도 마찬가지였다.

　그것의 내면이 어떻든지 간에 겉은 뜨겁고 멋지게 타오르고 있으니 말이다.

　　　　*　　　*　　　*

　— (수정) 신무림 온라인 제10법칙 : 시스템이 선물로 준 아이템은 불괴가 아니다. 또, 플레이어인 동봉수 이외에는 그 아이템을 착용해도 아무 효과도 얻을 수 없다. 그리고 아이템으로 인한 효과는 장비창에 표시된 것만 적용이 된다. 즉, [초보자의 검]과 [낭인검]을 동시에 들었다고 들의 능력이 중첩되는 것은 아니다. [초보자의 검]을 장착했다면 [초보자의 검] 능력치만, [낭인검]을 장착했다면 [낭인검]의 능력치만 적용이 된다.

　추가 : 아이템을 임의적으로 개조한 경우, 시스템은 그 변조된 아이템을 일련번호가 없는 불법 아이템으로 인식한다. 불법 아이템을 착용했을 시 시스템은 플레이어를 강제 로그 아웃 시킨다.

　— 신무림 온라인 제11법칙 : 스킬 중 대부분은 한 번 발

동하면 그 스킬이 재발동된다 하더라도 효과는 일 회에 한해 적용된다. 단, 몇몇 스킬은 스킬 추가 발동에 따른 효과가 동일하다 하더라도 그 효과가 계속해서 증첩된다.

예) [연격 Lv.2]의 특수효과 [광분]은 1분간 플레이어의 공격력을 1% 상승시킨다. 이때 [광분]의 효력이 인정되는 1분 안에 재차 [광분]의 발생 조건이 만족되면 또다시 1%의 공격력이 추가 상승한다.

第二十二章

양명(揚名)

絶
世
狂
人

　싸이코패스의 문제는 그들이 뼛속까지 사악하다는 것이
아니다. 오히려 그 반대다. 지나치게 뛰어난 것이 문제인
것이다. 싸이코패스는 성능이 뛰어난 슈퍼카와 같다. 그래
서 세상을 좌지우지했던 천재들은 모두 싸이코패스였다.
다만 도로를 질주하기엔 너무 속도가 빠른 게 흠일 뿐이다.

　　— 케빈 더튼(Kevin Dutton), 영국 심리학자

*　　*　　*

예선 마지막 날.

천하청비무대회가 화려하게 그 서막을 연 지 사 주야(四晝夜)가 흘렀다. 단 사 일에 불과했지만, 많은 청년고수들이 쏟아져 나왔다.

사실 사람들은 예선에 그렇게 큰 기대를 하지 않았었다.

삼성오봉구룡을 비롯한 각급 대파의 후기지수들이 자동으로 빠진다는데 뭘 크게 기대할 수 있었겠나?

그러나 이런 걱정은 기우에 불과했다.

누가 그랬던가. 기대하지 않았을 때 터진다면 그 기쁨이 배가 된다고. 지금이 딱 그랬다.

전혀 예상치도 않았던 젊은 고수들이 갑자기 툭툭 튀어나와 대회를 활화산처럼 뜨겁게 달아오르게 했다.

초출, 무명(無名).

어디에 숨어 있었는지 모를 청년들이 두각을 나타내며 대회의 향방을 오리무중(五里霧中)으로 만들고 있었다.

줄 세우기, 이름 붙이기, 그렇게 함으로써 영웅 만들기.

말 많은 호사가들이 좋아하는 일이다.

새롭게 뜬 신성들에게는 '기와 위의 젊은이들[瓦上靑]'이라는 이상한 호칭이 붙었다.

그렇게 불리게 된 이유는, 결선 진출자들이 하나같이

중대로 양쪽으로 늘어선 건물들의 기와지붕 위에서 대회를 관전하기 때문이었다.

처음에는 그저 지붕 위에서 구경하는 것이 신기하게 여겨졌었다.

그러다가 '와상청' 이라는 특정 명칭이 붙은 이후부터는, 지붕 위에 올라 대회를 관전하는 것 자체가 결선 진출자들만의 특권이 되었다.

비무의 승자들이 하나둘 지붕 위에 올라서자 자연스레 다음 승자들이 그걸 따라 했던 것이다.

이제는 처음에 그것을 시작한 사람이 누구였는지는 별로 중요치 않게 되었다.

그냥 예선을 거쳐 결선에 오른 이들은 자연스레 지붕 위에 오르는 것이 관례 아닌 관례가 되어 버렸다.

강호보위단도 처음에는 이들에 대해 신경을 쓰다가 이제 와서는 오히려 당연하게 여겼다. 지붕에 있는 이들은 눈에 잘 뜨이기 때문에 오히려 관리하기가 훨씬 수월했기 때문이었다.

단원들끼리 간혹 처음 지붕에 오르기 시작한 사람이 누구냐고 농담조로 서로 물어보지만, 이제는 그것이 그리 중요한 일이 아니게 되었고 기억조차 나질 않았다.

그저.

와상청들이 예선을 거친 결선 진출자라는 사실만이 중요하게 되었다.

동봉수는 오늘도 일찍부터 지빈각 지붕 위에 올라서 있었다.

예선 첫날 가장 먼저 결선 진출을 확정지었지만, 그 이후에도 이곳에서 치러진 거의 모든 대전을 지켜봤다. 어떤 면에서는 직접 싸우는 것보다 보는 것이 훨씬 중요하다고 생각했기 때문이었다.

누구든 초식을 사용할 때에는 거기에 걸맞은 진기의 흐름이 뒤따른다.

동봉수는 그것을 항시 유심히 살폈고, 느꼈다. 더불어서 그에 따른 근육의 미세한 움직임까지 모두 읽어 내기 위해 노력했다.

눈은 손보다 빠르다.

하나, 뇌는 눈보다 더 빠르다.

그렇지만 본능은 뇌보다 훨씬 더 빠르다.

보고 익숙해져서 본능이 된다면 누구의, 어떠한 공격에도 몸이 절로 반응을 할 것이다.

쿵! 쿵!

아래 중대로 쪽에는 그가 부수었던 중앙 비무대의 복구가 이른 아침부터 이루어지고 있었다.

첫날을 제외한 나머지 삼 일간은 중앙 비무대 옆 편에 임시로 설치된 목재 비무대에서 대회를 치렀었다. 아마 오늘도 그럴 테고 말이다.

복구되는 중앙 비무대는 이전처럼 바닥은 청석으로 깔리지만, 그 위에는 보통의 쇠보다 몇 배는 시꺼먼 쇳덩이가 코팅되듯 덮이고 있었다.

언뜻 보기에도 그 강도가 여타의 철보다는 월등해 보였다.

'저것이 한철(寒鐵)인가?'

무림맹의 수뇌부에서 제대로 된 결선을 치르기 위해서는 청석으로는 버티기 어렵다고 판단한 것이리라.

뚱땅거리는 소리를 들으며, 동봉수는 지난 예선 간 보았던 모든 무공을 머릿속으로 해석, 분석, 편집, 그리고 재조합하고 있었다.

그사이 시간은 흐르고 서서히 해가 고도를 높여 갔다.

자연스레 마지막 날 예선 개시 시각이 점점 가까워져 갔다. 무화문이 다시 열렸고, 그동안 그랬던 것처럼 구경꾼들이 이곳 중대로로 몰려들었다.

그와 함께 동봉수 이외의 와상청들도 하나둘 지붕 위에 자리를 잡아 갔다. 그가 있는 지빈각 지붕뿐만 아니라, 중앙 비무대와 임시 비무대 주변을 둘러싼 항마전, 극사전, 만무전 등의 기와지붕 위에도 결선 진출자들이 차례차례 올라섰다.

"우와—! 벌써 엄청 많이들 모였네요?"

"하하. 그렇구나."

하지만 지붕 위에 올라왔다고 모두들 와상청은 아니었다.

지금 막 동봉수의 양옆에 와서 서는, 하선향과 팽호류는 와상청도 아니면서 지붕 위에 매일 올라왔다. 심지어 팽호류는 결선 진출자도 아니었다.

팽호류는 동봉수에게 패한 이후 어깨에 붕대 하나 감고는 계속해서 귀찮게 그를 따라붙고 있었다.

그 때문에 며칠 지나진 않았지만, 하선향과 팽호류 둘이 상당히 친해졌다.

그게 웃기게도 동봉수라는 매개체가 그 둘을 그렇게 만들었다고 봐야 했다. 말이 없는 동봉수 대신 둘이 하루 온종일 떠들다 보니 친해졌다고 해야 할까?

팽호류가 주장하는 '미필적(未必的)' 예선 탈락만큼이나 의도치 않은 만남, 친분이 생긴 것이었다.

동봉수는 팔짱을 낀 채 그저 중대로를 내려다볼 뿐, 그들에게는 눈길 한 번 주지 않았다. 하선향과 팽호류도 이제 그런 동봉수에게 이력이 났기에 별로 신경 쓰지 않았다.

그저 자기들끼리 어떤 얘기를 나누고 있으면 한 번씩 툭 던지는 것이 동봉수가 하는 말 전부였다.

다만, 그것이 매우 핵심적이라는 점에서 그들은 그 한마디를 항상 기대하고 고대했다.

실제로 이곳 중대로에서 벌어진 예선 대전에서 동봉수

가 승자를 맞추지 못한 적이 한 번도 없었다.

그에 팽호류는, 저자에서 암암리에 벌어지는 승부 맞추기 노름에 팽가의 전 재산을 걸어 볼까 하며 농담을 하기도 했다.

그는 이번에도 그런 기대를 하며 동봉수에게 질문을 던졌다.

"동 형, 혹시 지금 무림맹 최대화두가 뭔지 아시오?"

하나 이번에도 동봉수는 말없이 중대로를 내려다볼 따름이었다.

어차피 팽호류도 자신이 바로 반문하길 기대하고 한 질문이 아니라는 걸 잘 아는 까닭이었다.

이에 팽호류가 한 번 피식 웃고는 바로 말을 이었다.

"천하청와상청(天下靑瓦上靑)."

천하가 푸르나 기와 위도 푸르다.

직역하면 이런 뜻이 될 테지만, 와상청이 들어간 이상 그런 의미가 아닌, 신조어인 것이 확실했다.

"아! 그거 저 알 것 같아요. 사람들이 천하청비무대회에 나타난 대파 출신 아닌 사람들한테 붙인 말 아니에요? 그냥 줄여서 와상청이라고도 하잖아요."

하선향의 말에 팽호류가 고개를 흔들며 말했다.

"아니, 이건 정확히는 천하청과 와상청을 분리한 말이다. 여기서 천하청은 삼성오봉구룡을 비롯한 대파의 후기지수들, 바로 자동 진출자들을 뜻하고, 와상청은 기와 위의 젊은이들, 즉 예선을 치른 결선 진출자들을 말하는 것이지."

"아, 그렇군요. 근데 그게 왜 지금 무림맹 최대 화두예요?"

"그건—"

팽호류가 잠시 말을 멈췄다. 그러다가 이내 고개를 저으며 웃었다.

"뭐, 나도 잘 몰라. 하하. 그냥 사람들이 그 얘기를 많이 하길래 그렇게 말한 것뿐. 그런 게 최대 화두 아닌가?"

"에이, 그게 뭐예요? 싱거워."

그때였다. 고저 없는 음성이 둘의 즐거운 대화를 끊는다.

"반전(反轉)."

"……?"

하선향과 팽호류 둘 다 말을 멈추고 동봉수를 바라봤다. 이제는 조건반사처럼 그들 둘의 눈에 기대감이 어린다.

동봉수가 무심히 말을 이어 간다.

"사람들은 누군가 지금의 무림 구도를 깨 버리길 바라고 있는 거다."

"네? 그거랑 천하청 와상청이 무슨 상관이에요?"

하선향이 무슨 말인지 모르겠다는 듯 입술을 삐죽였다.

"……."

민중은 언제나 약자다. 그들은 언제나 위를 지향한다. 하지만 현실은 항상 그들을 그 아래에 있도록 짓누른다.

그래서 비록 본인 자신들은 아닐지라도 서민 영웅이 세상에 나타나면, 그들에게 감정이입을 하고 그들이 성공하길 기원하기 마련이다.

천하청은 이미 있는 하늘[天]. 마음에 들지 않는다고 쉽게 뒤집어엎을 수도 없다.

그렇지만 자신들은 가지 못하지만, 하늘에 좀 더 가까운 기와 위[瓦上]의 가능성 있는 사람들은 다를지도 모른다.

지금 무림맹에 모여든 대중들은, 너무나 오랫동안 유지되어 와서 이제는 권위주의에 찌든 구파일방과 오대세가를 와상청들이 뒤집어엎어 주길 바라고 있는 것이다.

과연 와상청이 천하청을 이길 수 있을까? 그럴 수 있다면—!

'그랬으면 좋겠다고 생각하고 있을 테지.'

그래서 그것이 최대 화두가 되는 것이다.

동봉수는 중대로 쪽에 몰려들어 바글거리는 사람들을 내려다보며 말했다.

"사람들은 지금 지붕이 하늘을 뚫길 바라고 있다는 말

이다. 직접적으로 말을 하진 않지만, 모두들 그걸 바라기 때문에 와상청들에게 열광하는 것일 테지. 그래서 그것이 최대 화두가 되는 것이고."

"……!"

그제야 팽호류와 하선향은 동봉수가 무슨 말을 하는지 알 것 같았다.

사실 상당히 위험한 발언이었다.

기존체제를 뒤엎는다? 기존체제의 존주(尊主) 격인 무림맹에서 할 말은 아니었던 것이다.

게다가 팽호류는 그중 사대세가 가운데 하나인 팽가의 가주였는데 동봉수는 가감 없이 그런 말을 하고 있었다.

하지만 둘은 괜찮다고 느꼈다. 그런 말을 한 사람이 저 사람이었으니까. 동봉수이니까 뭐든 가능할 것 같았다.

'도대체 이런 사람이 어디서 나온 걸까?'

팽호류가 잠시 동봉수를 바라보다가 말했다.

"근데 동 형을 처음 봤을 때부터 궁금했었는데, 도대체 스승이 어떤 분이시오?"

대체 어떤 사람이기에 당신 같은 괴물을 키워 낸 것이오? 라는 뒷말은 삼켰다.

동봉수는 대답하지 않았다. 대신 옆에 있던 하선향이 답─이라고 생각하는 것─을 말했다.

"아, 팽 오라버니, 아직 모르셨어요? 동 공자…… 오라버님, 스승님은 북궁기라고—"

"누군 오라버니고, 누군 오라버님이고."

"오라버니—!"

하선향이 빽소리 질렀고, 그녀의 나머지 말은 바람에 실려 흩어졌다.

우와아아—!

그때 군중들의 환호성과 함께 오 일차 마지막 날 예선 대전이 시작되었고, 북궁기, 병괴에 대한 이야기는 다음으로 미루어졌다.

* * *

파바바박—!

병괴는 바람을 가르며 정주를 향해 내달리고 있었다. 짧지 않은 삶 동안 이렇게 빨리 경공을 전개한 적은 없었다. 그만큼 현재 그의 마음이 급했다.

"제발, 제발—!"

병괴는 사실 무림맹의 비봉공이었지만, 무림맹에는 그리 큰 애정이 없었다.

오히려 무림맹의 비봉공이라는 굴레를 벗기 위해 끊임없이 노력해 왔다. 그렇기에 여태껏 제자도 받지 않고 살아왔던 것이다.

다음 대는 그렇게 되면 안 된다. 그래야만 한다 생각하여, 그 무림맹이라는 더럽게도 단단한 족쇄를 끊어 내기 위해서 무던히도 노력해 왔다.

그래서 이번 일을 마지막으로 그 족쇄를 끊어 내기로 현천진인과 이미 거래를 끝내 놓은 상황이었다.

그리고 그 이후에는 무림맹이 어떻게 되든 말든 자신은 완전히 손을 털 생각이었다.

한데.

'제길―! 이게 뭐야!'

이번 건을 조사해 나가면 나갈수록 손을 털 수 없게 될 것만 같았다.

노가촌, 대도문, 용가장 등을 돌 때까지만 해도 긴가민가했다.

분명히 엄청난 실력자나 괴물이 정주에 나타난 것만은 분명했지만, 그렇다고 그 혼자서 무얼 할 수 있을 것 같지는 않았다.

그것이 설사.

극음천살성이라고 해도 말이다.

하나, 마지막에 들른 천성도장에 이르렀을 때 그는 생각을 바꿀 수밖에 없었다. 그럴 수밖에 없는 어떤 징조를 발견했다.

'지금 즉시 비무대회를 중지시켜야 한다!'

그렇게 하지 않으면,

정파의 후기지수들이 전멸할 것이다. 아니, 천하청비무대회에 참가한……

'모든 사람들이 죽을지도 모른다!'

그렇게 되면 무림에 암흑기가 찾아올 것이다.

휙휙—!

날카로운 바람이 눈을 찔러 댔지만, 그는 조금도 속도를 줄이지 않았다.

검고 차가운 별이 뜨고 그것이 지상에 강림하면,
세상은 침묵에 빠진다.

처음 비봉공이 되었을 때 스승이 자신에게 해 준 전설이 생각났다. 그리고 그것이 전설이 아니라는 것을 이제는 알게 되었다.

또한, 이번에는 그것이 혼자가 아니었다. 그래서 세상은 더욱 조용해질지도 모른다.

파바바박—!

그의 두 발이 더욱 바삐 움직였다.

* * *

운남 운귀고원(雲貴高原)은 예로부터 기화이초(奇花異草)가 많이 자라기로 유명했다.

그래서 채초(採草)꾼이나 채약(採藥)꾼들이 많이 찾았다. 하지만 워낙 그 지형이 험준(險峻)해서 올라오는 이들 열 중 아홉은 다시는 돌아오지 못했다.

그런 만큼 고원의 내밀한 곳에는 준조(峻阻)한 계곡이 끝도 없이 이어져 사람의 발길을 막고 있었다. 민간에는 전혀 알려지지 않은 비처(秘處)였지만, 그 안에 이어진 수백 리 절곡을 따라 끝까지 올라가면 누구도 예상할 수 없는 광경이 펼쳐진다.

적운(積雲)에 휩싸인 마천루(摩天樓).

쉽사리 그 꼭대기를 짐작하기 어려운 뭉게구름에 뒤덮인 높디높은 건물이, 기이한 꽃과 요요로운 기운을 뿜어내는 풀이 만발한 넓은 자연 정원, 그 정중앙에 우뚝 솟아 있다.

집사전의 비전(秘殿).

그렇다.

이곳이 바로 세상에 알려지지 않은 집사전의 진짜 본거지이다. 아는 사람보다 모르는 사람이 훨씬 많은, 비지(秘地) 중의 비지.

이곳의 맨 꼭대기 층에는 손짓 한 번으로 천하의 지하세계를 쥐락펴락하는 인물이 기거한다.

세간에 알려지지 않은…….

집사전의 진짜 주인이 말이다.

천사루(天邪樓) 안의 어디나 그렇듯 최상층 방 안에도 갖가지 꽃들이 가득 피어 있었다.

공나추는 전도(剪刀)를 이용해 여유롭게 꽃나무를 다듬고 있었다.

그것만 보면 그저 낙향한 노문사가 한가하게 노년의 삶을 즐기는 모습, 바로 그 자체였다. 누가 과연 이런 그를 보고 사파의 종주라고 생각할 텐가.

단, 한 가지.

가늘게 찢어진 눈매가 학사라고 보기 어려울 정도로 매섭기 그지없다는 점만 빼면.

싹둑싹둑.

규칙적인 가위 소리가 조용히 방 안을 잠식해 가던 어느 순간.

가벼운 바람이 불어와 싹둑임을 자르고 공나추의 뒤에 긴 그림자로 화해 내려앉는다.

공나추는 전도를 바닥에 내려놓고는 허리를 꼿꼿이 세웠다.

한데 희한하게도 길어진 그의 그림자는 전혀 흔들림이 없었다. 앞쪽 벽에 주먹만 한 야명주가 박혀 있었음에도 말이다.

"무슨 일인가?"

"노백에게서 기별이 왔습니다."

어디서 나오는지 모를 목소리가 대답을 했다.

공나추의 날카로운 눈빛이 순간 더욱 예리하게 번쩍였다.

"준비는?"

"천성도장 등 십여 곳에 준비가 완료되었다 합니다."

"열 곳이라— 충분하구먼. 오늘이 경칩이 지난 지 나흘째인가?"

"네, 전공."

"그럼 내일이 거사일이 되는 건가?"

"네, 전공. 한데 정말 그것들을 정주에—"

"나는 이미 극음천살성의 택자를 집사전에 품었을 때부터 천고의 죄인이 되었다."

"……."

"이제 그 아이와 그것들에 의해 무림 판도가 새로이 재편될 것이다. 지금 무림맹에 있는 사람 중 설혹 신이 있다 할지라도 살아 나오지 못할 테니까. 무림맹주는 천하청비무대회를 이용해 그 아이를 잡을 수 있을 거라고 믿었겠지만, 그게 오산이라는 걸 죽고 난 다음에야 깨닫게 될 테지."

"그럼…… 곧장 천마성까지 도모하시는 것입니까?"

"그렇다네. 자네는 이 방을 나가는 즉시 법왕(法王)에게 연통을 넣게. 우리가 서장(西藏)으로 출격하면 포달랍궁(布達拉宮)이 그 즉시 길을 터 줄 수 있게 말이네."

"네, 전공."

포달랍궁.

서장의 맹주이자, 천마성과는 혈연으로 맺어진 맹우(盟友).

하지만 지금 공나추의 말에 의하면 이미 포달랍궁의 궁주인 법왕이 그 검을 거꾸로 든 것이 분명해 보였다.

지리적인 특성상 만약 서장에서 천산이 있는 신강을 들이친다면 천마성은 후위(後衛)를 고스란히 내주는 격이 된다.

게다가 현재 천마성은 중원의 정파와 청해, 감숙, 사천 등지에서 전면대치하고 있기 때문에, 본성에는 많은 병력이 남아 있지도 않을 터.

그런 상황에서 집사전과 포달랍궁이 연합해서 들이친다면……

"삼패라는 말은 그 자체로 말이 되지 않아. 패라는 글이 으뜸을 뜻하는데, 세 개의 으뜸이란 것이 말이 되지 않지 않은가. 으뜸은 오직 하나만 있을 때에만 가능한 단어지. 이번 기회에 본좌는 삼이라는 거추장스러운 숫자를 무림인들의 기억 속에서 지울 것이네."

패(覇).

많은 것 가운데 가장 뛰어난 것. 또는 첫째가는 것.

다른 말이 뭐가 필요한가?

패란 오직 홀로 존재할 때에만 그 가치가 있는 것이다.

하나, 공나추에게는 삼패 중 집사전을 뺀 천마성과 무

림맹뿐만 아니라 신경 쓰이는 것이 몇 가지가 더 있었다.

그는 앞쪽으로 걸어가 벽에 박힌 야명주를 꾹 눌렀다.

"다만, 내가 걱정하는 것은—"

쿠구구궁—

낮은 기계음이 들리며 반구형 천장의 가운데가 양쪽으로 갈라지며 열리기 시작했다.

그 사이로 따가운 햇볕이 그대로 방 안에 쏟아졌다.

공나추는 다시 천천히 방 한가운데로 걸어가더니 고개를 들어 하늘을 올려다봤다. 대낮, 그것도 태양이 정중(正中)한 시각인지라 그 햇빛이 진정 눈을 부시게 했다.

비록 공나추가 천하를 떨어 울리는 고절한 고수였지만 눈이 쉬이 견디기 어려울 정도였다.

그럼에도 해 옆에 떠 있는 어떤 것을 공나추는 유심히 바라보았다.

한참 뒤.

그가 아까 하던 말을 낮은 음성으로 끝맺었다.

"저것이라네."

"네? 저것이 무엇이옵니까?"

그림자는 공나추만큼의 안력이 없었기에 그것을 볼 수 없었다. 그래서 되물었다.

그에 공나추는 계속해서 해를, 아니 그 옆을 바라보며 말했다.

"기신성."

"……!"

"이제는 저것이 도대체 얼마나 밝게 빛날지 나도 짐작하지 못할 정도가 되었다네."

보통의 별빛은 태양 옆의 반딧불이 정도도 되지 않는다.

그런데 저것은 그 한계치를 한참 벗어났다. 예전에는 그저 밤에 떠 고작 달 옆에서 겨우 투명하고 조금 밝게 빛나는 정도였는데, 이제는 해 옆에서도 그 빛을 거의 잃지 않고 있었다.

'과연 저것이 변수가 될 것인가?'

하지만 이미 그가 뒤돌아서기에는 늦었다.

어쩔 수 없었다.

연영하, 그리고 '그것들'은 이미 중원으로 나갔다. 그리고 그와 집사전의 모든 전력들은 이제 곧 서장으로 출격할 것이다.

이미 결정한 것이라면 신속하고 압도적으로 밀어붙여 모조리 압살해야 한다. 사악함을 집결한 단체[集邪殿]라는 이름에 걸맞게.

집사전공 공나추와 그의 그림자가 하늘을 올려다보는 이곳은 운남 만상곡(萬象谷)이다.

*　　*　　*

우와아아—!

점입가경(漸入佳境).

무림맹을 떨어 울리는 환호성은 갈수록 높아져 갔다. 첫날만큼 강렬함을 선사해 주는 전투는 없었지만, 여전히 쉬지 않고 신진 와상청들이 쏟아져 나오고 있었기 때문이었다.

당연하게도 대부분의 사람들은 비무대에 시선을 모으고 다른 곳으로 잠시도 눈을 돌리지 않았다.

하지만.

"저 별이 이제는 대낮에도 보이네?"

항마전 전각 지붕 위에 있는 천진무구한 표정의 남장 여인, 연영하의 시선은 비무대가 있는 아래쪽이 아닌, 하늘을 향하고 있었다.

보통 사람의 눈에는 잘 보이지 않을 테지만 그녀의 눈에는 똑똑히 보였다. 밝은 해 옆에 있음에도 그 투명함이 죽지 않는…….

너무도 투명해 무심하게 보이는 그런 별.

그녀의 고개가 서서히 아래로 내려왔다. 그렇다고 완전히 아래쪽으로 내려가서 중앙 비무대 쪽까지 가지는 않았다.

바로 중대로를 가로질러 보이는 저 건너편 지빈각 지붕.

거기에 딱 시선이 갈 수 있게 한 후 고개를 멈췄다.

그냥 서 있어도 허허공공(虛虛空空)한 느낌을 물씬 풍기는 한 사내가 대회를 관전하고 있었다.

그자다.

연영하가 입을 열어 나직하게 말했다.

"당신이야?"

물론 상대에게서의 대답은 기대할 수 없었다.

하지만 이미 대답은 들은 것과 진배없다고 여겼다. 저자에게서 풍겨 나오는 허무한 기운이 날이 갈수록 강렬해지고 있었으니까.

솔직히 여태까지는 확신하지 못했다. 어쩌면 그냥 우연히 마주친, 또 다른 한 명의 미치광이일지도 모른다고 여긴 적도 있었다.

하지만 이제는 장담할 수 있었다.

기신성은 저자. 동광천이다.

오랫동안 찾아 헤맸는데 참으로 공교로운 장소에서 마주쳤다.

직접 만나고 보니 더욱더 마음에 드는 상대였다. 이곳에서 꽤 재미있어 보이는 이들을 많이 만났지만, 그중에서도 발군이다.

아니, 비교할 수 없을 만큼 그녀와 천살기를 만족하게한 사람이다.

혹시······.

이런 게 호감일까 싶을 정도.

그녀는 자신도 모르게 해맑게 웃으며 말했다.

"노백."

"네, 아가씨."

"처음 만났을 땐 그냥 떨렸어."

"……."

"근데 이제는 심장이 쿵쿵쾅쾅거려. 가슴을 뚫고 튀어나올 것처럼."

그때 그녀의 눈에 전광이 번쩍이며 물에 먹물 한 방울을 탄 것마냥 서서히 검어졌다. 그걸 본 노백이 작고 떨리는 목소리로 말했다.

"……아가씨, 일단 피하셔야 할 듯합니다. 안 그러시면—"

"쿠쿡."

연영하의 막힌 듯 답답한 웃음이 노백의 다급한 목소리를 갈랐다.

[죽여라. 모두 죽여라.]

천살기가 광폭하게 심장을 때리고 있었기에 굳이 노백이 말하지 않아도 잘 알고 있었다. 자신이 어떤 상태인지 말이다.

그저…….

미칠 듯한 심장의 떨림도 이런 식으로밖에 표현되지
않는 자신이 웃길 뿐.

"쿠쿡. 호호호."

억눌린 웃음이 해맑디해맑다. 그래서 더 천형(天刑)
같다.

연영하가 자리에서 일어섰다.

"그래그래, 이런 게—"

괴물의 두근거림이라는 거겠지.

연영하는 동봉수 쪽을 다시 한 번 쓱 바라보고는 지붕
아래로 내려갔다. 노백이 곧바로 그녀의 뒤를 따른다.

우와아아아—!

마침 그때 새로운 와상청의 탄생과 함께 군중들의 환
호성이 터져 나왔다.

하지만 연영하는 아무 소리도 듣지 못했다.

[죽여라. 모두 죽여라.]

천살기의 두근거림이 귓전을 시끄럽게 틀어막고 있었
으니까.

*　　*　　*

"이번에도 또 저 사람인가? 오늘도 동…… 오라버님만

계속 쳐다보고 있…… 응? 이번에는 벌써 내려가네요?"

하선향이 맞은편 항마전 지붕을 가리키며 말했다.

팽호류가 바라보니 연영하가 노백과 함께 중대로 쪽으로 뛰어 내려가고 있었다. 그러고는 곧 구경꾼들 사이를 누비며 장내를 빠져나갔다.

"그러게나 말이다. 남색(男色) 취향인가? 생긴 것도 곱상한 게 딱 동 형을—"

"팽 오라버니—!"

하선향이 팽호류에게 큰 소리를 질렀다.

안 그래도 동봉수의 특이한 분위기 때문에 최근에 눈길을 주는 여자들이 많아졌다. 한데 이제는 남자—인지 아닌지 확실치는 않았지만—까지 엮으려 드는 팽호류가 그녀에게는 밉살스러울 수밖에.

"얌마, 오라비 귀청 떨어진다."

"흥. 떨어지든가 말든가."

"역시 누군 오라버니고 또 누군 오라버님이고. 하여간 여자들이란 이래서 안 돼. 안 그렇소이까? 동 형?"

"……"

동봉수는 대답 없이 연영하가 빠져나가는 모습을 지켜보고 있었다.

연영하는 그와 마찬가지로 하루도 빠짐없이 저기, 항마전 위에서 대회를 관전했다. 보다 정확히는 대회가 아닌 자신을 관찰하고 있었다.

사냥감에 대한 탐색일까? 아니면 동류(同類)에 대한 신비감 때문일까?

아무래도 상관없었다.

어쨌든 이제 그녀가 움직일 때가 거의 임박했다는 걸 방금 확신하게 되었다. 한 번도 그보다 먼저 지붕 위를 떠난 적이 없었는데, 오늘 처음으로 먼저 자리를 떴다.

아마도 D—day에 대한 마지막 준비를 하는 것일 터다.

연영하가 처음 정주에 나타난 이유는 분명히 자신 때문이 아니었다.

낭랑주잔에서 둘이 마주친 건 정말 우연이었을 뿐. 그녀와의 짧은 대화에서도 그것이 고스란히 드러나 있었다.

그녀가 원래 이곳에 나타난 목적은 이 천하청비무대회에 참가하는 것 또는 대회 그 자체가 확실했다.

과연 어떤 일을 벌일 것인가?

또 어떠한 준비를 했을까?

궁금증이 든다. 살면서 몇 번 느껴 보지 못한 감정이다.

연영하의 뒤를 따라가 확인해 보고 싶었지만, 굳이 그러지는 않았다.

그러면 안 되었으니까.

아직은 둘이 눈을 맞댄 상황이다. 그녀가 이 자리를 떴다고 그녀의 눈이 자신에게서 멀어진 것이 절대로 아니었다.

확신이 없는 상황에서 먼저 움직일 수 없다. 설사 지금 움직이지 않아, 적절한 사냥 시기를 놓친다 하더라도 섣불리 움직여서는 곤란하다. 눈싸움이란 원래 그런 것이니까.

눈을 깜빡이는 순간, 패하는 것이다.

참아라, 참아야 한다.

동봉수는 참는 게 특기인 사람이다.

조금만, 조금만 더 기다려 보자.

그래도 빈틈이 나오지 않는다면…….

온전히 힘 대 힘으로 충돌할 수밖에.

곧 연영하와 노백이 시야에서 완전히 사라졌다.

동봉수의 시선은 금세 다시 비무대로 돌아갔다. 하선향과 팽호류는 다시 서로 투닥이며 시간을 보냈고, 비무대 위에는 새로운 도전자들이 올라와 서로 무공을 겨루었다.

그리고 그대로 시간이 흘러갔다.

댕! 댕! 댕!

몇 시진 뒤, 유시(酉時, 오후 5~7시)가 되어 해가 뉘엿뉘엿 저물 때쯤.

무림맹 동편 끝에 있는 대고(大鼓)가 울렸다. 마침내

천하청비무대회의 예선이 끝맺음되었음을 알리는 신호였다.

"휴— 이제야 예선이 완전히 끝났네요."

"그렇구나. 드디어 내일이면 결선이 시작되겠네. 아쉽게도 나는 그 축제에 초대받지 못했지만 말이야. 하하!"

"왜 웃으세요? 팽가 가주면서 결선에도 못 올랐는데, 그게 재밌어요?"

"그럼 웃지, 울어야 하는 것이냐?"

"네?"

"예비 우승자한테 졌으니까 어차피 결선이 끝나면 나도 재조명될 거 아니냐?"

팽호류의 말에 하선향이 동봉수의 무심한 옆얼굴을 바라보며 미소 지었다.

"하긴 그렇네요."

둘은 이미 동봉수의 우승을 점치고 있었다.

그럴 수밖에 없는 것이, 현 정파에서 최고의 후기지수는 삼성이었다. 그런데 그런 삼성 중 한 명인 패성 팽호류가 패했다.

도성은 이미 지난 안휘대살겁 때 흙으로 돌아갔고, 남은 사람은 주성(酒星) 을지추(乙支秋)밖에 없었다.

팽호류는 아직 을지추가 싸우는 모습을 본 적은 없지만, 결코 자신의 위라고는 생각하지 않았다.

그때 동봉수가 닫고 있던 입술을 떼었다.

"이곳은 중원의 심장부, 정주 무림맹이다. 그렇게 쉽지 않아."

긴말은 하지 않았다. 중원의 심장부. 그리고 쉽지 않다.

그거면 충분했다.

중원, 아니 신 무림 온라인.

정말 그 한계를 알 수 없는 사냥터.

저들 둘은 아직 얼마나 대단한 자들이 이곳에 나타난 줄 전혀 모르고 있었다. 고작 명문정파의 후기지수들 몇을 보고는 중원 전체를 본 양 천하청비무대회의 전체 결과를 예단(豫斷)하고 있다.

'승부를 장담할 수 없는 자가 최소한 셋이 결선에 올라가 있다.'

연영하, 종지항.

그리고.

아무도 주목하고 있지는 않았지만, 성휘라는 자.

엄청난 고수임이 분명했다.

거기에다가 자신이 지켜보지 못한 남쪽과 북쪽 비무대에서는 또 어떤 고수들이 참가했었는지 다 알지도 못했다.

"하긴 천하가 넓은데 또 어디에 어떤 고수들이 도사리고 있다가 튀어나왔을지 어떻게 알겠소?"

"에이— 그래도 동 오라버님보다 센 사람이 있을라

고요?"

"이 중원만 해도 동서로 만 리, 남북으로도 만 리가 넘는데 또 모르지. 그러니까 여기 이런 동 형 같은 사람도 있는 거 아니겠느냐. 그래서 중원이고. 동 형 말도 그런 뜻일 테지. 안 그렇소? 동 형?"

"……."

동봉수는 대답하지 않고 말없이 지붕 아래로 뛰어내렸다.

팽호류는 멋쩍은 듯 뒷머리를 긁적이다가, 하하 웃고는 뒤따라 중대로 쪽으로 내려갔다. 하선향 또한 바로 둘의 뒤를 따랐다.

그때 임시 비무대 위에는 남궁혜가 올라와 예선이 끝났음을 알리며 결선 일정에 대해 얘기하고 있었지만, 동봉수는 그대로 장내를 빠져나갔다.

어차피 결선 일정에 대해서는 무림맹 곳곳에 벽보로 알리게 되어 있었기 때문에, 굳이 지금 확인할 필요는 없었으니까.

동봉수를 비롯한 셋은 빠른 걸음으로 지빈각 빈객들을 위한 식당으로 이동했다.

꼭 이곳에서 저녁을 먹을 필요는 없었지만, 대회가 시작된 이후 동봉수는 항시 이곳에서 끼니를 해결했다.

쓸데없이 정주 번화가로 나가 이리 밀리고 저리 밀리며 시간을 낭비할 필요가 없어서였다. 물론, 시키지도 않앉는데 '부록 둘'이 따라붙는 것은 어쩔 수 없었지만.

"저기 봐. 저 사람이 그 사람이야."

"그래? 저 사람이 그 사람이야? 의외로 너무 평범해 보이는데? 확실해?"

"너는 보면 모르겠냐? 구질구질한 허연 머리칼에 빼짝 마른 몸을 봐. 어디 저런 누추한 인상을 가진 사람이 구파에 있는가. 그리고 옆을 봐. 하 낭자와 팽 가주도 있잖아."

"아? 저 사람들이 그 사람들이야? 근데 팽 가주는 저 자에게 져서 예선에서 탈락까지 해 놓고 왜 저렇게 저 사람을 따라다닌대?"

또 시작이다.

먼저 식당에 와서 이른 저녁 식사를 하고 있던 사람들이 동봉수의 등장에 웅성거리기 시작했다.

아직 별호가 생긴 것은 아니었지만, 동봉수는 이미 천하청비무대회가 만들어낸 최고의 화젯거리 중 하나였다.

패성 팽호류를 꺾은 와상청.

그것 하나만으로도 정파의 인물들에게는 충격을 안겨 주기 충분했다. 거기에, 아직 많이 알려지진 않았지만, 비무추괴 북궁기의 제자—비록 진짜 그런 것은 아닐지라도—라는 사실 또한 그의 신비감을 더해 주고 있었다.

"쳇— 내가 원래 이렇게 시도 때도 없이 사람들 입에 오르내리는 사람이 아닌데, 또 씹히고 있구만."

"그러게요. 전 아무 존재감도 없었는데, 오라버니들과 함께 저도 반찬거리가 되고 있네요. 홋—"

팽호류가 농담조로 투덜댔고, 하선향의 신월(新月)같이 휘어진 눈이 더욱 깊게 휘어졌다.

그녀는 사람들의 뒷담화가 오히려 기쁜 모양이었다.

동봉수가 그만큼 사람들에게 인정받고 실력이 있기에 뒷말이 나오는 것이라고 받아들인 것이다.

팽호류도 썩 기분이 나쁜 표정은 아니었다. 동봉수는 이미 그 스스로 인정한 고수였다.

자기보다 윗줄의 고수에게 졌다고 화를 내는 것은, 우스운 일이었다. 오히려 그와 같이 다니며 많은 것을 배우고 있다고 생각했다.

실제로 그와 손을 나누고 패한 그날 이후 막혀 있던 오호단문도가 다시 진전되고 있었다.

별로 많은 말을 나누지는 않았지만, 동봉수는 이미 그에게 작은 스승이었다. 비록 말로 표현하지는 않았지만 말이다.

식당은 주루처럼 한 탁자에 여럿이 앉아서 식사를 할 수 있게 꾸며져 있었다. 식탁에 앉아 있으면 무림맹에서 일하는 식고공(食雇工) 중 한 명이 그날 만들어진 음식들을 앉아 있는 사람 수에 맞춰서 날라다 준다.

동봉수와 일행들은 굳이 멀리 가지 않고 매일 앉는 입구 가장 가까운 식탁에 앉았다.

힐끔힐끔.

그사이에도 사람들의 뒷말과 호기심 어린 시선들은 계속되었다.

팽호류나 하선향이 같이 앉아 있었기에 아주 대놓고 보거나 말하지는 못했다.

하나, 만약 그들이 없었다면 아예 드러내 놓고 동봉수에게 적대감을 드러냈을지도 모를 일이다.

"씁― 구파니 사대세가니 하는 인간들이란 어쩔 수 없는가 보다."

팽호류가 호기심을 넘어서 적개심이 담긴 눈빛을 날리는 사람들에게 험악하게 눈을 부라리며 말했다.

뒷담화까지는 참겠지만 저런 식의 노골적인 감정은 불쾌했던 것이다. 지난 며칠간 반복된 일이었지만, 도저히 익숙해지지 않았다.

"참으세요, 오라버니. 원래 이곳이 지빈각 빈객들만을 위한 식당이잖아요."

하선향의 말대로 원래 이곳은 무림맹에서 초청받은 사람들만이 사용하는 식당.

자연히 구파일방이나 사대세가에서 온 손님들이 태반이었다. 당연하다면 당연하게도 그 이외의 인원들에게는 굉장히 배척적인 분위기가 조성되어 있었다.

특히, 와상청이라는 말이 생긴 이후에는 더욱 그러했다.

원래는 구파의 장로들 추천을 받고 결선에 진출했던 중소문파 출신 와상청 몇몇이 이곳에서 식사를 하곤 했는데, 지금에 와서는 그들 가운데 아무도 이곳에서 밥을 먹지 않게 되었다.

단, 한 명. 동봉수를 제외하고는.

팽호류는 그 유일한 한 명, 동봉수를 바라봤다.

그는 도대체 무슨 생각을 하는지 모르게 가만히 앉아 정면만 바라볼 뿐이었다.

턱까지 내려온, 저 윤기 넘치는 백발 너머의 눈을 정면으로 마주하고도 과연 저들이 저 사람에게 적의(敵意)를 드러낼 수 있을까?

'큭. 그럴 리가 없지. 보지 못했으니 저럴 수 있는 것이다.'

팽호류는 낮게 픽 웃고는 조용히 식고공이 들고 올 저녁을 기다렸다.

반면, 하선향은 벌써부터 양손에 젓가락을 한 짝씩 들고는 식탁 위에 양손을 딱 올려놓고 있었다.

입을 앙다문 모습하며 양 갈래 머리를 틀어 올린 것하며 그것이 그리 귀여울 수가 없었다.

하지만 정작 봐 주길 원하는 동봉수의 시선은 그저 어디를 향하는지 모를 허공만을 가리킬 뿐이었다.

'아쉬워…….'

아쉬웠다. 좀 더 자신을 봐 줬으면…….

하지만 지금은 이 정도만으로 괜찮다.

족하지는 않지만, 이렇게 마주 앉아 있을 수 있고 오라 버니라고 부를 수 있게 된 것만으로도…… 괜찮아.

그렇게 각자의 생각에 빠져 저녁을 기다리고 있을 때였다.

"사매."

서리 위에 핀 한 떨기 매화꽃인가? 차갑지만 지극히 아름다운 화의여인이 그들이 앉아 있는 탁자로 걸어왔다. 화산파의 화예지였다.

"아, 사저! 어, 어서 오세요."

하선향이 말을 더듬으며 자리에서 일어섰다.

최근 화산파 일행에서 빠져서 매일 따로 행동하는 것이 못내 마음에 걸린 탓이었다.

"또 따로 나와서 움직이고 있구나?"

"죄송해요……."

"안녕하시오, 화 소저."

하선향이 약간 곤란해하는 것 같아 보이자 팽호류가 먼저 화예지에게 인사를 건넸다.

"네, 안녕하세요. 팽 가주님."

화예지가 깎듯이 포권을 취하며 허리를 숙였다. 비록 비슷한 연배라도 팽호류는 사대세가 중 일가의 가주였다.

"하 소저 얘기라면 대신 사과하리다. 내가 먼저 매일 불러내서 같이 밥이나 먹자고 꼬셨―"

"오라버니—!"

하선향은 순간 화예지가 있는 줄도 모르고 팽호류에게 빽 소리를 질렀다.

그의 '꼬셨—'다는 말이 혹여라도 다른 이들이 듣고 소문이라도 낼까 겁이 나서였다. 그녀는 이미 좋아……하는 사람이 따로 있는데 말이다.

그 모습을 본 화예지가 초승달 같은 아미(蛾眉)를 역팔자로 들어 올렸다.

"사매! 무례하게 팽 가주님께 무슨 짓이야? 혼자서 마음대로 이렇게 돌아다니는 것도 그렇고!"

"죄, 죄송해요, 사저. 제가 순간 흥분해서……."

"아, 괜찮소. 이 정도는—"

그렇게 화예지가 하선향을 나무라고, 하선향은 사과하고, 팽호류가 달랠 그때였다.

"무슨 일이오? 화 소저?"

화예지의 일행으로 보이는 십여 명의 사내들이 다가오며 말을 걸었다.

그때까지 가만히 있던 동봉수가 살짝 고개를 들어 그들을 쳐다봤다.

'백파검 우심기, 천상나검 모용병, 나머지는 다른 구룡과 구파의 제자들이겠군.'

둘은 동봉수도 이미 아는 사람이었고, 그 둘의 신분이나 성품 등으로 미루어 봤을 때 나머지도 얼추 어떤 이들인지 유추가 가능했다.

아마도 화예지와 같이 식사를 하러 온 일행일 것이다.

화예지는 일행이 가까이 다가오자 살짝 고개를 저으며 말했다.

"아무것도 아니에요."

그녀는 그렇게 말하고는 동봉수와 팽호류에게 다시 포권을 취하며 공손히 사과했다.

"팽 가주님, 동 공자님, 시끄럽게 굴어서 죄송합니다."

"하하, 괜찮소. 하 소저는 밥 다 먹고 내가 고이 양보해 드리리다."

"괜찮소."

"네, 그럼 저희는 이만 가 보겠습니다."

동봉수와 팽호류는 별일 아니었기에 그대로 넘어갔다.

어차피 그들의 지금 이곳에서의 관심사는 오직 식사였다.

화예지 또한 이런 자리에서 큰소리치는 모습을 여러 사람들 앞에서 보이는 것이 별로 좋지 않다고 여겼다. 그래서 그렇게 일단락되는 듯했다.

그런데.

"이것 보게, 호류. 며칠 전부터 참았는데, 오늘은 한마디 해야겠군."

몸을 돌려 떠나려던 화예지를 지나치며, 우심기가 동봉수 등이 앉아 있는 탁자로 가까이 다가오며 말했다.

"뭔데? 해 보게."

팽호류는 사실 풍류남에 쾌남아로 알려져 있어 무림에 출도한 이후 많은 이들과 알고 지냈다.

비록 가주가 되었다고는 하나 예전의 친분이 어디로 가는 것은 아니었기에 우심기는 편하게 그에게 얘기했다.

"자네, 왜 저런 작자와 계속 다니는 건가? 자네는 자존심도 없는 건가? 저런 자에게 져서 예선에 떨어진 것도 모자라 옆에 졸졸 따라다니기나 하고 말이야."

우심기의 말에 '저런 자에게 져서 예선에 떨어진' 또 다른 한 사람. 모용병이 순간 움찔했다.

그는 자기도 모르게 이마에 난 상처를 쓰다듬으며 천천히 뒤로 물러섰다. 그때 본 동봉수의 눈빛이 생각나서였다.

"뭐? 자존심도 없이 졸졸 따라다녀? 내가? 이 팽호류가?!"

팽호류는 뒤로 물러서는 모용병을 한 번 슥 봤다가 다시 우심기를 바라보며 말했다.

"그렇다네. 요즘 자네 하나 때문에 우리 후기지수들이 단체로 폄하되고 있다네. 팽가의 가주가 근본도 없는 와상청 중 한 명과 딱 붙어 다닌다고 말일세. 사람을 가려 사귀게."

"흐, 흐하하하하하! 사람을 가려 사귀라?"

"……."

한참을 웃던 팽호류가 어느 순간 웃음을 딱 그쳤다. 그러고는 눈을 빛내며 고개를 들었다.

그는 웃음기 머금은 눈으로 우심기와 그 뒤쪽에 쭉 늘어선 구파의 제자들과 구룡들을 쭉 훑었다.

동봉수의 '맛'을 이미 본 모용병을 빼고는 모두 어이없다는 표정을 짓고 있었다.

왜 갑자기 미친 듯이, 그것도 무례하게 웃는 건지 몰랐기 때문이었다.

피식.

팽호류가 가볍게 조소를 흘리며 말했다.

"이거 왜 이래? 내가 말이야…… 예전에는 사람을 안 가렸어. 나 사람 가린 지 며칠 안 됐거든?"

"……!"

팽호류의 말에 우심기를 비롯한 구룡들과 구파 인원들의 얼굴이 새빨개졌다.

자신들이 가리지 않은 사람들, 즉 '아무나'가 되었기 때문이었다.

그럼 팽호류가 가려 사귄 사람은 저 뒤의 저 허접한 놈을 말하는 것인가?

우심기가 분노에 찬 목소리로 소리쳤다.

"말을 가려서 하게! 자네가 아무리 팽가의 가주라고는 해도―"

"어이, 우심기. 나는 요새 사람도 가리지만, 말도 헛말은 내뱉지 않는다네, 친구. 하하."

"……!"

팽호류는 웃었고, 구파의 인원들은 얼굴을 딱딱하게 굳혔다.

그리고.

식당 안의 분위기도 더불어 싸하게 가라앉기 시작했다.

사람들의 시선이 자연스레 그들이 있는 입구 쪽 식탁 쪽으로 집중되었다. 싸움이 일어나기 직전의 심상치 않은 분위기 탓이리라.

"지금 그 말이 무슨 뜻인가?"

현 상황만큼이나 냉랭한 얼굴로 우심기가 말했다.

반면, 팽호류의 표정에는 여전히 여유가 흘러넘쳤다.

"말 그대로네. 내가 예전에는 눈이 아주 좋지 못해 잘 못 사귄 친구들이 몇 있다는 뜻이지. 근데 말이야. 그 친우들이 요새는 귀까지 좋지 않은 것 같아 걱정이네. 그래도 벗은 벗인지라 걱정은 되는데 통 말귀를 못 알아듣네?"

"이익……!"

"미안하네. 아까 말한 대로 요즘 내가 너무 솔직해져서, 돌려 말할 줄 모르게 되었거든, 친구. 아, 이것도 충분히 돌려 말한 건가?"

창―!

그 말이 결정타였을까.

마침내 분노를 참지 못한 우심기가 검을 뽑아 들며 소리쳤다.

"나, 대곤륜검선(大崑崙劍仙) 이십대 제자 우심기가 그대, 하북팽가주 팽호류에게 결투를 신청한다."

검을 뽑아 정식으로 대련을 신청하는 일.

흔하지는 않았지만 그렇다고 아주 드문 일도 아니었다.

명예를 중시하는 대문파에서 그 명예가 더럽혀졌다고 느낄 때 쓰는 방법이다. 실력으로 상대를 꺾어 이름값을 회복하는, 상투적이지만 확실한 길. 그것이 바로 대결이었다.

팽호류는 우심기의 날카로운 검끝을 보며 가볍게 웃었다.

"자고로 팽가에서는 걸어 오는 싸움을 마다하면 물건을 떼 버리라고 가르치지. 나도 내 아들 놓으면 그렇게 가르칠 거고. 또, 굳이 싸우자고 달려드는데, 아니 상대하는 것도 남자들 간의 예의는 아니지."

그렇게 말하며 그가 막 일어서려던 그때.

탁.

시의적절(時宜適切)한 탁음 하나.

대화의 흐름이 끊어졌다.

팽호류가 웃음을 멈췄고, 식당 안에 있는 많은 이들의 시선이 일시에 흐트러졌다.

모두 동봉수가 젓가락을 식탁 위에 탁하고 내려놓으면

서 벌어진 일이었다.

끼익.

동봉수가 자리에서 일어났다.

단순한 행위였다. 한데, 그 간단한 동작 하나와 듣기 싫은 의자의 마찰음이, 끊어졌던 장내의 흐름을 한순간에 동봉수에게 가져왔다.

그는 일어서며 일부러 팽호류의 어깨를 짚고 일어섰다.

"큭—"

팽호류는 어깨에 퍼져 나가는 극통에, 반쯤 일으켰던 엉덩이를 다시 내려 앉힐 수밖에 없었다.

동봉수와의 대결에서 크게 다친 오른쪽 어깨의 상처가 아직 하나도 아물지 않은 탓이다.

"그 결투 내가 대신 받지."

낮지도, 그렇다고 높지도 않은 고른 음성이 순식간에 결투 당사자를 바꾼다.

"……동 형? 윽."

동봉수는 무슨 말인가를 하려는 팽호류의 어깨를 다시 한 번 툭 치고는 우심기 앞으로 걸어갔다.

그 모습이 지극히 평범해 누구도 그가 고수라고 느끼지 못할 정도였다.

그것이 만만해 보인 것일까.

우심기가 한쪽 입술 꼬리를 말아 올리며 말했다.

"좋소. 부상자는 빠지는 게 당연하고…… 요즘 사람들

입에 오르내리는 와상청의 실력이 어느 정도인지 궁금했었는데, 어디 한 번—"

"혼자서 하겠소? 아니면 전부 다?"

길게 이어지려는 우심기의 말을 동봉수가 단번에 끊어 버렸다.

그것이 매우 무례해서 더욱 도발처럼 보였다. 아니, 도발이 확실했다.

일대일도 아닌, 혼자서 그들 일행 모두를 상대하겠다? 그것이 우심기의 분노에 제대로 부채질을 가했다.

"하— 지금 그걸 말이라고. 혼자서 우리 모두를 감당할—"

팟.

이번에는 말 대신 동봉수의 주먹이 우심기의 말을 끊었다.

그의 주먹이 딱 우심기의 코 반 치 앞에서 멈춰 있었다.

이곳에 있던 이들 중 그의 주먹이 어떻게 뻗어졌는지 제대로 본 사람은 몇 없었다. 그저 그의 팔이 흔들린다 싶은 순간, 주먹이 이미 우심기의 코앞에 멈춰 있었다.

'뭐지? 보이지 않았다……'

상대의 공격을 전혀 보지 못했다는 사실에 우심기의 머리털이 곤두섰다.

막고, 때리고, 공방을 주고받으려면 최소한 보여야지

가능한 일이다. 만약 누군가와 싸우는데 상대의 움직임을 보지 못한다면⋯⋯.

싸우지 말아야 한다. 애초에 전혀 상대가 되지 않을 테니까 말이다.

그때 동봉수가 뻗어 냈던 주먹을 걷으면서 무심히 말했다.

"모두 감당할 수 없다면 애초에 묻지도 않았겠지."

"⋯⋯!"

조금 전 휘둘러진 주먹의 풍압 탓일까? 우심기의 코에서 탁한 피가 흘러나왔다.

주르륵.

코피가 입술 쪽으로 타고 아래로 흘러내렸다. 말려 올라갔던 우심기의 한쪽 입술 꼬리도 피를 따라서 아래로 다시 밀려 내려갔다.

"피?! 이, 이익―!"

자신의 코에서 피가 흐른다는 걸 안 우심기가 벼락같이 동봉수를 향해 장법을 펼쳤다. 곤륜이 자랑하는 옥룡장(玉龍掌)이었다.

팟―!

우아하지만 날렵한, 그러면서도 빠른 손바닥이 동봉수의 안면을 향해 날아들었다.

그 순간, 피를 봐 극도로 흥분한 우심기의 머릿속에는 동봉수의 건방진 입을 뭉개야 한다는 생각밖에 없었다.

그리고 상대방이 아무리 강해도 그들은 다수였다. 그것도 구룡이 무려 셋이나 있지 않은가 말이다!

하나 동봉수의 머릿속은 달랐다.

합리적이고 이성적이었다. 언제나 그랬듯이 말이다.

질 싸움이라면 시작도 하지 않았을 것이다.

번쩍.

동봉수의 눈이 빛나며 주변 정경이 일순 멈춘 듯 빨려들어왔다. 동시에 뇌의 활동량이 폭발적으로 증가했다.

우심기의 손바닥 움직임의 강도, 빠르기, 궤적 등을 본능이 느끼기 시작했으며, 지난 몇 년 동안 봐 온 여러 가지 장법에 대한 데이터가 빠르게 머릿속을 헤집고 다녔다.

곧 가장 비슷한 데이터를 추출해 내자, 본능이 몸에 명령을 내렸다. 아니, 이미 반응하고 있었다.

파팟—

동봉수의 몸이 살짝, 아주 살짝만 옆으로 틀어졌다.

종이 한 장? 잎사귀 한 잎?

어쩌면 그 정도도 안 되지 않을까 싶을 정도로 가까이 우심기의 장력이 그의 몸을 스쳐 지나갔다.

겉보기에는 가까스로 공격을 회피한 것처럼 보였지만, 실제로는 아주 정확하면서도 수월하게 피한 것이었다. 본능이 계산한 그대로 반응한 결과였으니까.

최소의 움직임만으로 공격을 피한 덕에 우심기의 상체

좌측이 그대로 동봉수의 눈앞에 열렸다.

그에 자연스레, 거두어졌던 동봉수의 주먹이 다시 여행을 떠났다. 물론, 이 주먹질 한 번도 지난 몇 년간 보고 느끼고 쌓인 데이터의 집합체였다.

목적지는 정확히 우심기의 얼굴.

· 뻐억—!

요란한 타격음이 울려 퍼지며 우심기의 턱이 돌아갔다.

풀썩.

그러고는 그대로 주저앉아 기절해 버렸다. 구룡 우심기가 단 한 수에 패한 것이다.

사람들은 아직 정확히 무슨 일이 어떻게 벌어지고 있는지 알지 못했다. 하지만 동봉수가 뭔가 했고 우심기가 쓰러졌다는 것만큼은 정확히 볼 수 있었다.

그 사이 동봉수가 우심기 바로 뒤쪽에 서 있던 모용병을 바라봤다.

"……어?!"

퍽—!

풀썩.

'어' 하는 사이에 모용병도 동봉수의 주먹을 맞고 그대로 실신해 버렸다. 그는 예선에 이어 이번에도 별 실효 없이 동봉수의 먹잇감이 되었다.

하지만 그는 그걸 행운이라고 여겨야 하리라.

동봉수에게 두 번이나 패하고도 살아남은 유일한 사람

이 되었으니까.

"이, 이런! 모두 쳐라! 저놈을 쳐!"

노란색으로 왼쪽 가슴에 점창(點蒼)이라는 수실이 새겨진 남색무복을 입은 미남자가 소리쳤다.

그는 또 다른 구룡 중 한 명인 사일양의룡(射日兩儀龍) 전풍개(典風開)였다.

이미 상대가 작정한 듯 공격을 취해 오는데 가만히 있을 수는 없는 노릇이었던 것이다.

싸움은 벌써 시작되었고 이미 과정은 중요치 않게 되었다.

구룡 중 두 명이 벌써 전투불능이 되었다. 게다가 상대가 한 명인데도 말이다.

만약 여기서 지게 된다면…….

'구룡의 명성은 나락으로 떨어진다!'

전풍개가 그런 생각을 하는 사이에도, 동봉수는 바람같이 움직이고 있었다.

지난 며칠간 보고 느낀 신법 아니, 움직임이었다.

이전에는 패시브 스킬 [경공]에다가 기존에 알고 있었던 여러 가지 신법이나 보법을 적절히 섞은 새로운 무공을 구사했었는데, 이제는 그것과도 확연히 구분되는 어떠한 '움직임'이 자연스레 그의 몸에서 펼쳐지고 있었다.

마치 기와 바람과 공기에 몸을 맡긴 듯, 흐름을 타고 있었다.

동봉수는 물 흐르듯이 움직이며 우심기 등 구룡 일행을 상대해 나갔다.

퍽, 퍽, 퍽, 퍽……

움직임 한 번에 주먹질 한 번.

그리고 쓰러지는 한 명.

얼마 지나지 않아 전풍개와 화예지를 뺀 나머지가 모두 쓰러졌다.

화예지의 얼굴은 놀라 하얗게 탈색되어 있었고, 전풍개는 아까 우심기처럼 코피를 흘리고 있었다.

왜냐하면, 동봉수의 주먹이 어느새인가 그의 코 바로 반 치 앞에서 멈춰 있었으니까.

그럼에도 전풍개는 아까 우심기처럼 발작적으로 반격을 가할 수 없었다.

학습 효과란 것이다. 반격하면 저기 쓰러져서 게거품을 물고 있는 우심기처럼 되리라는 것을 잘 아는 것일 테지.

동봉수는 뻗었던 주먹을 다시 거두고는 말했다.

"더 할 텐가?"

전풍개가 힘겹게 고개를 좌우로 흔들었다.

어차피 싸울 의지가 없는 화예지에게는 따로 물어볼 필요가 없었다.

승리를 확인한 동봉수는 주변을 훑듯이 둘러봤다.

놀람과 경악이 장내에 교차하고 있었다.

구파와 사대세가의 인물들은 얘기로만 전해 들었지, 예선에서 그와 팽호류 간의 실제 대전을 직접 본 사람은 극히 드물었다. 한데 그동안 소문으로만 떠돌던 동광천이라는 '작자'의 실력을 직접 보니 입을 다물 수가 없었던 것일 터다.

혼자서 구룡 여럿을 가볍게 이겨 버리다니.

믿기 어려웠지만,

'안 믿을 수가 없겠지.'

백날 누구누구가 삼성이나 구룡을 깼다거나 청석 비무대를 산산조각 냈다는 말을 듣는 것보다 이렇게 한 번 바로 앞에서 압도적으로 박살 내 버리는 것만 못하다. 백문불여일견(百聞不如一見)이란 말은 만고불변이다.

이번 싸움, 예상했던 판은 절대 아니었다.

구룡들과 팽호류 간의 예상치 못한 충돌로 벌어진 판이었다. 하지만 이미 벌어진 판에 동봉수는 천연덕스레 한 발을 걸쳤다. 그리고 다른 이들이 예상할 수 없는 수준으로 판을 쪼개 놓았다.

그 때문에 저들의 뇌리에는 한동안 이 이름 석 자가 남게 될 테지. 작자라는 멸칭은 빠진 채.

동광천.

삼성과 구룡을 동시에 깬 와상청 정도 될까.

동봉수는 나서서 실력을 과시하는 일이 익숙지는 않았다. 하지만 또한, 불편하지도 않았다.

필요하다면…….

해야 하니까.

대중들이 원할 때는 그들의 기대에 부응하는 것이 '영웅'이다.

특히, 가짜일 경우에는 더더군다나 그래야만 한다. 밀랍으로 만든 장미꽃이나 플라스틱 복숭아가 실제 꽃이나 과일보다 더 실물처럼 보여야 하는 것처럼 말이다.

비록 이곳에는 와상청에 열광하는 사람들은 거의 없었지만, 소문이란 보지 못한 사람들에게 더욱 과장되게 퍼지는 법이다.

화공이 보지 못한 용을, 바로 앞에 있는 호랑이보다 더욱 멋지게 잘 그리는 것처럼.

특히, 이곳에 모인 사람들은 대부분이 와상청에 대해 굉장히 부정적인 사람들이었다. 하지만 오늘부터 그 시선은 극명하게 달라질 것이다.

이제 구룡의 명성은 고스란히 그의 것이 될 것이다.

당장 내일 어떤 일이 벌어질지 알 수 없었지만, 이것은 분명히 나중을 위한 중요한 교두보가 될 터였다.

결투가 끝난 듯하자 동봉수는 몸을 입구 쪽으로 돌렸다.

영양소 섭취보다는 이곳에 모인 사람들에게, 새롭게 만들어진 소문을 좀 더 과장되게 만들 시간이 필요하다 판단했기 때문이었다.

한데 저 멀리 입구 쪽에는 언제 온 것인지 을지태가 서 있었고 그 옆에는 처음 보는 노승이 의미심장한 미소를 지으며 그를 바라보고 있었다.

그때였다.

"오라버님—! 조심하세요!"

하선향이 소리를 지른 것은.

그리고.

노승의 미소가 사라진 것은…….

* * *

"저건……?!"

승찬은 을지태와 함께 저녁을 먹으러 지빈각에 부속된 식당으로 향했다.

원래는 항시 천통전에서 무림맹주인 현천진인과 같이 식사를 했었는데, 오늘은 천하청비무대회의 결선 준비로 바쁜 무림맹주 대신 을지태와 함께 이곳을 찾았다.

그러다가 재밌는 광경을 목격하게 되었다. 더 정확히는 재밌는 사람을 보았다.

최소한의 움직임으로 피하고, 막고, 때리고…….

또, 그것만으로 최대의 효과를 낼 줄 아는, 무공이 아닌 진정 싸움이라는 걸 할 줄 아는 젊은이.

그가 흥미로워, 강호보위단을 동원해 싸움을 말리려는

을지태를 도리어 말리면서까지 싸움을 감상했다.

그런데 싸움이 끝나고 그가 자신이 서 있는 쪽으로 다가오려 할 때였다. 패배를 승복하지 못한 듯 보이는 남자 하나가 갑자기 뒤에서 그 젊은이를 기습했다.

한데!

공격을 가하던 자가 도리어 허공에서 정지했다. 보이지 않는 기벽이 생겨 공격을 중도에 차단한 것이었다.

기벽이란 것은 절정의 끝자락에 도달하면 누구나 일정 부분 발현할 수 있는 기술이었다. 하나, 승찬이 놀란 이유는 기벽을 저토록 젊은 자가 구사할 수 있다는 단순한 사실 때문이 아니었다.

그가 놀란 진짜 연유는.

젊은이가 숨을 쉬듯 진기를 수발하며 자신의 주변 진기를 완전히 통제하고 있었기 때문이었다.

자기 진기만이 아니었다.

주변에 아무렇게나 흐트러져 있는 자연지기(自然之氣)까지 아주 능숙하게 이용해 기벽을 펼쳐 냈다.

저것은 기술이 아니었다.

극도로 민감하게 주변의 기를 느끼고 통제할 수 있는 사람만이 가능한 일이었다.

수련을 아무리 오래 한다고 해도 결코 달성할 수 없는 특별한 영역, 어쩌면 본능이랄 수도 있겠다.

소림의 역대 긴나라전 전주 중에서도 저 영역에 도달

한 이는 아무도 없었다.

그가 아는 한도 내에서 저런 것이 가능했던 사람은 긴 무림 역사상 단 한 사람밖에 없었다.

그건 바로……

*　*　*

퍽―!

동봉수는 초진기파로 자신을 습격한 전풍개를 옴짝달싹 못하게 멈춰 놓고 면상에 주먹을 틀어박았다. 둔탁한 소리와 함께 전풍개 또한 다른 이들처럼 그대로 실신해 버렸다.

"괜찮아요?"

하선향이 황급히 다가왔다.

"묻는 대상이 잘못됐잖아. 그런 질문은 여기 자빠져 자고 있는 자들에게 해당되는 거지. 하하."

하선향의 뒤를 이어 팽호류도 가까이 오며 웃었다.

그는 싸움이 시작됐을 때부터 지금까지 동봉수에 대해 조금의 걱정이나 의심도 하지 않았다.

당연한 결과 아니겠는가. 다만, 자신의 벗들이, 생각했던 것보다 더 형편없는 인간들이란 사실은 미처 예상 못 했었다.

패배를 인정한 후에 뒤통수를 까다니.

"쯧. 눈도 나빠, 귀도 나빠. 이제는 간까지 완전 부었구만. 전풍개, 이 친구 이거 완전 움직이는 성수의가(成壽醫家) 아닌가그려."

동봉수는 그런 둘의 말을 한 귀로 흘리며 다시 가던 길을 갔다. 여전히 저 앞 식당 입구 쪽에는 을지태와 노승이 서 있었다.

을지태는 예의 그 차가운 얼굴 그대로였다.

반면에…….

노승의 표정. 그것이 동봉수의 눈을 사로잡았다.

동봉수는 한눈에 노승이 승찬이라는 것을 알았다.

이신 중 하나인 중이 무림맹에 와 있다는 얘기를 들었었다. 한데, 나 강자요 하는 분위기를 잔뜩 풍기고 있는 중이 인상을 쓰고 자신을 쳐다보고 있는데 어찌 모를 수가 있겠는가.

문제는 그것이 아니라, 그가 왜 자신을 보고 저리도 미묘한 표정을 짓고 있느냐는 것이었다.

'혹시 나를 알아본 것인가?'

과연 그것이 과거 당오처럼 무혈지체라는 것을 알아보고 놀란 것인지 아니면…….

자신의 내면을 꿰뚫어 본 것인지.

이곳에는 예상외의 굉장한 눈을 가진 자들이 존재한다. 어떤 면에서는 초월적이라고 할 만큼 날카롭다.

비록 그의 위장이 완벽하다 할지라도 방심하다가는 어

떻게 될지 모른다. 게다가 상대는, 이 중원에서 가장 강하다는 두 명 중 한 명이 아닌가.

확인해 봐야 한다. 어느 쪽인지.

동봉수는 걷던 페이스를 태연히 유지하며 계속 앞으로 나아갔다. 얼마 지나지 않아 자연스레 을지태와 노승의 가까이에 도달했다.

"자네답지 않군."

을지태가 옆을 스쳐 가는 동봉수에게 말했다.

"결투에 응한 것뿐이오."

동봉수가 잠시 걸음을 멈췄다.

을지태는 동봉수가 싸우는 모습을 처음 봤다.

정말…… 강했다.

특별한 미사여구가 필요치 않았다. 지금 보여 준 것만으로도 단연 압도적이었다.

천하청비무대회 예선에서 팽호류를 이겼다는 얘기를 전해 들었을 때에만 해도 피부에 와 닿지 않았었다.

'설마' 하는 생각이 먼저 들었었다.

그가 아는 동봉수는 외공뿐인, 그저 독특하면서도 아까운 인재였다. 그런데 그게 아니었었나 보다. 지금 보니 그의 상식을 한참이나 벗어난 경지에 도달해 있었다. 그가 전력을 다한다 해도 승부를 장담하기 어려울 만큼.

아마 그래서 승찬도 놀란 것이리라.

게다가…….

아직 그 솜씨를 오롯이 다 내보인 것도 아닌 것 같았다.

그러면서도 그동안 그 솜씨를 전혀 내보이지 않았다는 사실이 더욱 무서운 점이라는 생각이 들었다.

"나도 아네. 하지만 자네 정도의 실력이라면 굳이 이곳에서, 저렇게까지 심하게 손을 섞지 않고도 해결할 수 있었을 것 같군."

"저들이 원한 것이었소."

동봉수의 말을 들은 을지태는 고개를 끄덕였다.

그럴 수밖에 없었다. 조금 전 벌어진 상황을 처음부터 모두 지켜보지는 못했지만, 어떻게 흘러서 이런 상황에까지 이른 것인지 쉬 짐작할 수 있었다.

각파의 총애를 받는 후기지수들이 통상 어떤 녀석들인지 그도 잘 알고 있었다.

아마도 이곳에서, 모두가 지켜보는 가운데 동봉수와 팽호류를 깔아뭉개려 했을 테지.

자기도 과거에 전 세대의 후기지수들에게 무수히 당했었던 과정이었다. 그때도 그랬지만, 지금도 그는 그런 생리를 전혀 이해할 수 없었고 이해하고 싶지도 않았다.

하지만 지금은 그도 무림맹의 일원. 어떤 면에서는 저들과 공생하는 관계였다.

그렇기에, 이해할 수 없더라도 최소한 이해하는 척을 한다거나 저들의 손을 들어 주는 '시늉'이라도 내줘야

한다. 그리고 지금 이 정도면 충분히 그 흉내는 다 낸 것
일 터이다.

을지태가 더는 덧붙이는 말없이 옆으로 비켜섰다.

그에 동봉수가 다시 발을 떼었다.

그 순간 노승의 묵직한 불호가 그의 발을 붙잡았다.

"아미타불."

동봉수가 예상했던 대로의 반응이었고, 또한 기다렸던
것이다.

그가 고개를 돌려 쳐다보자 노승, 승찬이 말했다.

"혹, 시주께서는 천산(天山)에서 오셨는지요?"

천산.

신강의 주산(主山)이다.

그 말인즉슨, 천마성에서 왔느냐고 묻고 있는 것인가?

"아니오."

그러자 승찬은 고개를 두어 번 끄덕이고는 다시 말했
다.

"그럴 테지요."

"……."

"아미타불. 바쁘지 않으시다면 잠시만 시간을 내주실
수 있으신지요?"

기다렸던 바다.

동봉수는 잠시 승찬을 바라보다가 그를 스쳐 지나 입
구 쪽으로 걸어갔다. 승찬도 곧장 뒤따라 이동했다.

이에 팽호류도 바로 따라나서려 했는데, 을지태가 그를 막아섰다.

"승찬대사이시라네. 아무래도 저분이 따로 조용히 하실 말씀이 있으신 모양이군."

"……!"

승찬. 이신. 정파제일인.

그 이름값은 무거웠다. 팽호류의 발도 무거워질 수밖에 없었다.

"대체…… 무슨 일입니까?"

"그건 나도 모른다네. 팽가주."

그사이 동봉수와 승찬은 이미 식당을 빠져나갔다.

이후 을지태는 어지럽고 어수선한 식당을 쭉 둘러보다가 주변에 흩어져 있는 강호보위단원들에게 눈짓으로 뒷수습을 명령했다.

단원들은 그 즉시 정신을 잃은 구룡들과 여타 인원들을 부축해 단약실로 옮겨갔다.

팽호류는 뭐가 어떻게 돌아가는지 모르는 채 그 자리에 멀뚱히 서 있을 따름이었고, 하선향은 일단 놀란 화예지를 달래는 데에 주력했다. 그러면서 입구 쪽을 힐끔힐끔 봤지만, 이미 동봉수는 사라진 뒤였다.

하나, 그사이에도 동봉수에 대한 소문은 더 크고 새로운 형태로 '요리' 되고 있었다.

때마침 등장한 승찬이란 최고의 양념이 더해졌으니 더

욱 그럴 수밖에.

*　　*　　*

등선헌(登仙軒).

무림맹의 2대 맹주인 진양자(振揚子)가 세운 정각(亭
閣)이다.

무림맹 내 서편 끝에 자리 잡고 있으며 무림맹 안에서
가장 지대가 높은 곳이 이곳, 등선헌이다.

비록 뒤에 '헌' 이라는 글자가 붙어 있음에도 사람들은
이곳을 정자나 쉼터로 생각하지 않았다. 왜냐하면, 그것
보다는 앞의 등선이라는 말이 훨씬 강하게 다가오기 때문
이었다.

등선.

선계에 오른다는 뜻이다.

누가?

바로 혜인대사 이후의 역대 무림맹주들.

이곳은 바로 그들의 위패(位牌)가 모셔진 곳이었다.
더 정확히는 등선헌 옆에 지어진 등선당(登仙堂)에 모셔
져 있었다.

지금 그 등선당에 저물어 가는 해를 등지고 두 명이 들
어서고 있었다.

바로 승찬과 동봉수였다.

"아미타불."

승찬은 들어서자마자 먼저 사당 안쪽에 쭉 늘어서 있는 위패를 향해 단장(單掌)을 세워 예를 취했다. 동봉수는 그저 그의 뒤에 가만히 서 있을 따름이었다.

"저 위패의 주인들이 누구인지 아십니까?"

동봉수는 이곳이 어디인지 몰랐다. 그렇기에 가만히 승찬의 다음 말을 기다렸다.

"무림맹의 역대 맹주들이지요."

위패들의 뒤쪽 벽면에는 승도속(僧道俗) 여러 복색을 한 사람들의 초상이 걸려 있었다. 아마도 각 위패의 주인들인 역대 무림맹주들이리라.

하나 동봉수는 그러한 것들에 하등 관심이 없었다. 지금 그에게는 과연 승찬이 자신에 대해 무엇을 알고 있는지, 얼마만큼 알아본 것인지 그것이 중요했다.

승찬의 이야기가 계속되었다.

"그들의 역할은 무림맹이 중원 강호를 수호하는 구심점이 되게 하는 것이었지요. 지금의 무림맹주인 현천진인 역시 마찬가지일 터."

"그래서 내게 그런 말을 하는 이유는 무엇이오?"

"그것은—"

승찬이 비로소 시선을 위패에서 거두면서 말을 이었다.

"긴나라전주인 노납은 중원무림이 아닌, 중원 그 자체를 정(正)하게 유지하는 것이 그 역할이기 때문입니다."

"그 말은 내가 바르지 않다는 말이오?"

"아닙니다. 그 반대지요."

동봉수는 아직까지 승찬의 말을 이해하지 못했지만, 조용히 다음 말을 기다렸다.

"너무나 뛰어나서 그것이 문제인 것이지요."

"그게 무슨 말이오?"

동봉수의 그 되물음을 기다린 것일까? 승찬의 눈에서 정광이 번쩍였다.

그에 동봉수는 이제야 본론이 나오리라는 걸 직감적으로 느낄 수 있었다.

"아미타불. 이곳은 인간계입니다. 타계(他界)에서 오신 분이 계실 곳이 아니지요."

"……!"

타계란 불교에서 말하는 십계(十界) 중 인간계를 제외한 나머지, 미계(迷界)의 지옥계, 아귀계, 축생계, 아수라계, 천상계와 오계(悟界)의 성문계, 연각계, 보살계, 불계를 말함이다.

동봉수는 승찬이 말한 타계가 불교에서 말한 나머지 구계가 아닌, 이계(異界)를 의미한다는 걸 곧바로 알 수 있었다.

"그 말은 내가 이곳의 사람이 아니라는 뜻이오?"

"그건 본인 스스로 가장 잘 아시겠지요."

동봉수는 승찬이 자신의 실체를 알아봤다는 걸 깨달

았다.

하지만.

'나의 본질을 본 것은 아닌가 보군.'

다른 세상에서 온 자라는 실체는 알아본 듯했지만, 포식자로서의 본질은 눈치채지 못한 듯했다. 만약 후자를 알아본 것이었다면…….

승찬과 이곳에서 자웅을 겨뤘어야만 하리라.

하지만 여전히 의문점은 남아 있었다.

도대체 어떻게 자신의 실체를 알아본 것인가?

승찬의 말이 계속되었다.

"과거 천마라는 절세의 고수가 있었습니다. 그는 갑자기 중원에 나타났지요. 그 정도의 고수라면 사문이나, 하다못해 어떤 기연을 얻었다든지 하는 소문이라도 나게 마련인데…… 정말 아무것도 없었지요. 마치 하늘에서 뚝 떨어진 것처럼—"

승찬은 잠시 말을 멈추고는 동봉수를 똑바로 바라보며 말했다.

"바로 시주처럼 말이지요."

천마.

그 한마디 말에 동봉수는 다시 계산을 하기 시작했다.

여기서 그를…….

죽여야 할지, 말아야 할지. 과연 승산은 얼마나 될지.

진짜인지 아닌지 확인된 바는 아니지만, 만약 천마 또

한 자신과 마찬가지로 이계에서 온 자이고, 승찬이 자신을 그와 똑같이 여긴다면?

'싸워야 할지도 모르지.'

그가 알기에는 천 년 전 소림소화승과 천마는 무려 칠 주야를 겨뤘다. 아마도 그 일이 지금 여기서 재현될지도 모른다.

동봉수는 조용히 전투를 준비했다.

그때였다.

"허허― 있는 듯 없는 듯 무심한 살기라. 과연 듣던 대로 그쪽 세상에서는 죽음이 죽음이 아닌 모양이로군요. 죽임도 또한 죽임이 아니고 말이지요. 그래서 살기 또한 그런 건가 봅니다. 살기인 듯 아닌 듯. 아마도 노납이 아니었다면 누구도 쉽사리 알아채지 못했을 것 같습니다."

"……!"

"죽어도 다시 살아나고 절대 늙지도 않는 그 세상, 정말 존재하는 곳인가 보군요."

"천마가 그런 세상에서 왔다는 것이오?"

"노납은 스승님께 분명히 그리 전해 들었습니다."

동봉수가 겪은 세상은 세 가지다.

이 세상 중원과 저 세상의 대한민국, 그리고 무림온라인. 즉, 가상현실 세계.

죽음이 죽음이 아니고, 죽임이 또한 죽임이 아닌 세상.

절대로 늙지도 죽지도 않는 세상.

승찬이 말하는 그런 세상은 물론······.

*　　*　　*

늦은 밤, 동봉수는 등선헌을 내려와 지빈각 그의 방으로 돌아왔다. 거기 올라갈 때에만 하더라도 거의 예정되었다고 생각했던, 승찬과의 전투는 없었다.

그저 긴 이야기만 나눴을 뿐.

······.

······

···

·

[천마가 온 세상의 이름이 무엇이었소?]

[무림이라 했다 하더군요. 초대 긴나라전주셨던 파환(破幻) 대사께서 의아해하시니 천마가 웃으며 다시 이렇게 덧붙였다 하더이다. 온라인.]

[무림······ 온라인!]

[네, 그런 이름이었지요. 뒤의 온라인이 무슨 뜻인지는 잘 모르겠습니다만······ 이곳과 비슷한 구석이 있으면서도 완연히 다른 곳이라 했다 하더이다.]

승찬이 의미심장하게 동봉수를 바라봤지만, 동봉수는 그저 승찬의 다음 말을 기다릴 뿐이었다.

[천마는 진정한 광인이었다더군요. 그는 마치 숨을 쉬듯 사람들의 목숨을 거두고, 밥을 먹듯 강자들과의 싸움을 즐겼다 합니다. 그러던 어느 날 숨어 있던 극강고수셨던 파환대사께 마침내 찾아온 것이었지요.]

[……]

[세상에는 칠 주야의 싸움 끝에 둘이 서로 비겼다고 알려졌지만, 실제로는 천마가 거의 승리했다고 하더군요. 그럼에도 천마는 파환대사께 살수를 펼치지 않았습니다. 그분과의 일전에서 깨달음을 얻은 까닭이지요.]

[……]

[죽이기 위해 싸운다는 것이 얼마나 부질없는 것인지, 길고 길었던 싸움에서 깨달은 것이 아니겠습니까. 그는 스스로 이 세계에 미혹(迷惑)되었었고, 그제야 착각에서 벗어났다고 말했다 합니다.]

[미혹……?]

[빈승도 정확히 어떤 것을 말함인지는 모릅니다. 다만, 만약 그때 천마가 미혹에서 벗어나지 않았다면 세상이 멸망했을지도 모른다고, 긴나라전주들에게만 입에서 입으로 전해져 내려오지요. 하지만 천마는 결국 미혹에서 벗어났고 스스로 피를 뒤집어 씀으로써 천하에 안녕…… 이라고 하면 우습지만…… 맞습니다. 천마가 이곳에 강림함으로써 천하가 비로소 제자리를 찾았지요. 그래서 긴나라전주의 진정한 역할이 바로 그 천마의 후예를 기다렸다가 올바른 길로 인도하는 일이 되었지요. 그것이 이 중원

을 진정으로 정하게 유지할 수 있게 하는 최우선이니까요.]

[그렇다는 것은, 결국 천마와 긴나라전주가 친구였다는 뜻이오?]

[정확히 그런 관계라고 표현하기는 모호하지만…… 그렇다면 그렇게 볼 수도 있겠지요. 천마가 입적(入寂)하기 전 파환대사께 찾아올 정도였으니까요.]

[천마가 죽기 전에 마지막으로 나타난 곳이 소림사란 말이오?]

[네, 그때 그가 파환대사께 남긴 유품도 있습니다. 혹시라도 자신과 비슷한 존재가 나타나면 전해 달라고 한 물건이지요.]

승찬이 품에서 두루마리 하나를 꺼내 동봉수에게 건넸다. 천년이 지났다고 보기 어려울 정도로 하얗고 깨끗한 양피지였다.

[이건?]

[혹시라도 나타날 천마의 후인에게 전하기 위해 긴나라전주가 항시 몸에 소지하고 다니는 것이지요. 천마가 말하길 그것을 이해하고 얻을 수 있는 자는 오직 자신의 후인뿐이라 했다 하더군요.]

[후인……?]

[네, 그렇습니다. 당시 파환대사께서는 우스갯소리로, 이걸 풀어내면 소림사에서 가져도 되느냐고 천마에게 물으셨다 하더군요. 천마는 파안대소(破顔大笑)하며 할 수 있으면 해 보라고 했다더군요. 만약 풀 수 있다면 자신의 모든 것을 얻을 수 있을 것이라고……. 농담으로 시작된 일이었지만, 그것을 풀어내기

위해 역대 긴나라전주들께서 그동안 무던히도 애를 썼더랬지요. 노납도 마찬가지이고요. 허허허. 하지만 천마의 유훈대로 그것은 이곳의 사람은 풀 수 없는 것이었나 봅니다. 천 년 동안이나 긴나라전을 지킨 이들 중 그 누구도 풀지 못했으니까요. 혹 그것의 비전을 얻어 내게 되신다면 소승에게 꼭 한 번 천마의 절예를 견식 시켜 주시길 바랍니다.]

동봉수는 승찬의 얘기를 한 귀로 흘리며 두루마리를 펼쳤다.

.

...

......

....

좌악―

둘둘 말린 양피지가 침상 옆 탁자 위에 펼쳐지며 그 속살을 드러낸다.

내용은 아까 등선당에서 본 그대로였다.

동봉수는 다시 한 번 양피지 두루마리의 앞과 뒤, 구석까지 꼼꼼히 살펴봤다. 그리고 그 행동을 거듭거듭 반복했다.

하지만…….

없던 글자가 계속해서 살펴본다고 나타나지는 않는다.

그렇다. 양피지는 텅 비어 있었다.

처음에는 내용이 한글로 되어 있어 긴나라전주들이 풀

어내지 못한 것이라 짐작했었다. 하지만 그것이 아니었
다.

이것은 그냥,

아무것도 없는, 빈 종이였다. 완벽하게 깨끗한 그런 종
이 말이다.

'천마는 왜 이런 것을 남겼을까? 그리고 대체 이것은
무엇인가?'

한 가지 확실한 사실은…….

동봉수는 재차 손을 뻗어 양피지에 손을 가져다 댔다.

[Critical ERROR 발생! Critical ERROR 발
생! Critical ERROR 발생! 현재 플레이어가 획득한
아이템은 일련번호가 없는 불법 아이템입니다! 플레이어
는 지금 즉시 운영자에게 이 아이템을 신고하시고 반납하
시기 바랍니다. 신고하시지 않을 시…… 지직! 플레이어
에게는…… 지지직! 여러 가지 불이익이…….]

불법 아이템이지만 장비가 아닌지라, 지난번처럼 강제
로그 아웃한다고 협박당하거나 영혼이 끄집어내지는 패
널티는 없었다.

그렇다 하더라도,

어찌 되었건 이것이 무림 온라인에서 사용 가능한 아
이템이라는 사실.

그것이 중요했다.

동봉수는 여러 가지 생각을 뒤로 젖히고 천마지서(天魔之書)에 몰입해 들어갔다.

*　　*　　*

탁.

"……그래서 지금 당장 떠나신다는 말씀이십니까?"

현천진인이 찻잔을 탁자 위에 소리 나게 놓았다. 맞은편에는 한밤 늦게 천통전에 든 승찬이 앉아 있었다.

"아미타불. 노납이 서둘러 숭산에 다녀와야 할 일이 생겼습니다. 맹주."

"대사. 대사께서 계시지 않으시면 극음천살기를 감당할 수 있는 사람이 없을지도 모릅니다."

"허허허, 괜찮을 겁니다. 지금이라면 굳이 제가 나서지 않더라도 큰 상관은 없으리라 생각되어집니다."

"……빈도가 비록 오랫동안 극음천살성에 대비를 해 왔다고는 하나, 아직은 많이 미흡합니다, 대사."

무림맹에 배치된 정예들과 각파의 후기지수들이 지금 이곳에 꽤나 많이 있었다. 현천진인은 승찬이 그것을 믿고 여유를 부린다고 생각했다.

"괜찮을 겁니다. 맹주나 소승이 아는 것보다 강호는 더 강하니까요."

"하오나—"

"아미타불. 그리 오래 걸리지는 않을 것이옵니다."

승찬이 안심하라는 뜻에서 불호를 외며 말했다.

"후…… 그렇게까지 말씀하시니 아니 보내 드릴 수가 없군요."

"죄송합니다, 맹주."

"혹, 빈도가 자세한 연유를 물어도 될는지요? 대사께서 소실봉으로 지금 당장 떠나셔야만 하는 이유 말입니다."

"……아미타불."

승찬은 그저 뜻 모를 미소만을 현천진인에게 보내다가 다시 불호를 외며 자리에서 일어섰다. 대답할 수 없다는 무언의 대답이자 당장 떠나야 한다는 의지의 표현이리라.

"그럼 소승은 이만 출발하도록 하겠습니다."

"……상합허도. 그럼 다녀오십시오. 멀리는 안 나가겠습니다."

곧 문이 열리고 바로 다시 닫혔다. 승찬은 떠났고, 이제 현천진인만이 남았다.

현천진인은 가만히 고개를 탁자 옆으로 틀었다.

병풍 쪽이었다. 뚫어질 듯 그쪽을 바라보는 것을 보니 아마도 다른 누군가가 그 뒤편 어딘가에 있는 것인 듯했다.

"승찬대사가 동광천이라는 청년과 등선당에 들렀다고 했는가?"

"네, 맹주."

을지태의 목소리였다. 처음부터 그곳에 서 있었던 것이다.

현천진인은 소리 없이 찻잔을 비워 갔다.

그는 가만히 등선당에서 승찬과 동광천 사이에 무슨 말이 오갔는지에 대해 생각했다.

하지만 알아낼 수 있는 것은 아무것도 없었다. 자그마한 실마리 하나조차도 유추할 수 없었다.

승찬의 뒤를 그림자처럼 몰래 따르는 십팔나한(十八羅漢)이 있기에 둘의 대화를 엿듣는다는 것 또한 애당초 불가능한 일이었다.

그저 동광천이 처음 그가 생각했던 것보다 어쩌면 훨씬 중요한 인물일지도 모른다고 느꼈을 따름이었다.

"역시 병공의 제자가 아닌 것이 분명하이. 그렇다면 대체 어떤 인물이란 말인가?"

동광천에 대해 모르기는 을지태도 마찬가지였다.

조금 가까이 다가가 이제야 조금 알 법하면, 곧 다시 저 멀리 달아나 버리는 인물이라고나 할까?

현천진인은 하얀 수염을 부드럽게 한 번 쓰다듬으며 말을 이어 갔다.

"그래도 병공이라면 조금 알지 않을까 싶으이. 그에게

물어보고 싶은데…… 지금 어디 있는가?"

하지만 을지태는 현천진인과 전혀 생각이 달랐다.

병괴도 자신과 크게 다르지 않으리라.

분명 북방에 있던 병괴는 동광천에 대해 잘 모르던 눈치였다.

다시 만났을 때에도 똑같았다. 동광천이 저런 정도의 실력자라는 걸 알았다면, 애초에 제자로 삼고 싶다는 이야기도 꺼내지 않았을 것이다.

지금은 맹 외부로 나가 있어서 동광천에 대해 더더욱 감을 잡고 있지 못할 테니, 자신보다도 더 모를 것이다.

아마 다시 돌아와서 대회에서 활약하고 있는 동광천의 모습을 본다면 자신과 마찬가지로 놀랄 것이다.

아니, 더 놀랄 것이다. 예상치도 못했던 동광천의 숨겨진 실력에 기함할지도 모른다.

"아마 그는 동광천에 대해 거의 알지 못할 것입니다."

을지태가 현천진인에게 솔직하게 말했다. 하지만 현천진인은 고개를 끄덕이면서도 다시 병괴를 찾는다.

"그럴지도 모르이. 하지만 지금으로서는 병공이 가장 그와 가까운 이가 아니겠는가? 그는 지금 어디 있는가?"

"……지금 맹에 없습니다."

"맹에 없다?"

"지난번 정주 번화가의 귀신 사건을 조사하러 나간 후 아직 돌아오지 않았습니다."

"승찬대사가 맹을 비운 마당에, 병공까지?"

"그렇습니다."

"뭔가 불길하이. 맹 내의 모든 것을 다 알고 제어해도 어떻게 될지 알 수 없는데, 이렇게도 모르는 것과 통제 불가능한 요소들이 많다니."

"그렇게 크게 걱정하실 필요는 없으실 겁니다. 현재 청룡대와 주작대 등 사방신대(四方神隊) 전원과 항마전, 극사전, 파흑전(破黑殿)의 삼전, 그리고 호무수림위(護武守林衛)와 제가 이끄는 강호보위단이 무림맹 외곽을 에워싸고 있습니다. 또, 응양반(應陽班), 멸음반(滅陰班)의 두 눈이 무림맹 전역을 감시하고 있습니다. 이제 천마성과의 전투에 동원되었던 십각(十閣)의 정예들만 돌아온다면, 무림맹의 거의 모든 전력이 본 맹에 집결되는 것입니다."

분명 엄청난 병력이었다. 하지만 그럼에도 현천진인은 안심이 되지 않았다.

그가 고개를 가로저으며 말했다.

"아니야, 아닐세. 이번에는 정말로 흉한 운수가 무림맹을 조금씩 잠식하고 있는 듯하이."

현천진인은 오랜 세월 동안 강호에 있었고, 이번 일을 꾸미면서도 그 성공을 의심하지 않았었다.

아무리 극음천살성이라 할지라도 이 정도의 준비라면 반드시 멸할 수 있으리라 확신했었다.

한데, 그런 확신이 흔들리고 있었다. 정확히 콕 집어 말하기는 어려웠지만, 뭔가 자꾸 균열이 생기고 있었다.

귀신이라는 존재의 등장, 집사전의 수상한 움직임, 전혀 그 정체를 알 수 없는 고수들의 참가…….

따지고 보면, 계획을 벗어난 무수한 요소들이 있었다.

오랫동안 갈아온 직감이라는 칼날이 그의 정수리 끝을 쿡쿡 찔러 왔다.

'이대로는 힘들지도 모른다. 최악의 경우에는…….'

무림맹이 무너지는 정도에서 끝나지 않을지도…….

현천진인은 고개를 다시 저으며 최악의 경우를 머릿속에서 지웠다. 그러고는 무거운 목소리로 말했다.

"지금 즉시 구파일방과 사대세가를 포함한 모든 정파에 무림첩을 돌리게."

"네? 그게 무슨 말씀이십니까?"

"대규모 축하단을 무림맹으로 보내라고 전하란 말일세."

"……!"

"명목은 천하청비무대회의 폐회식 겸 청신성단의 발대식을 맹차원에서 아주 성대하게 거행한다고 하게."

"하나 그런 사유로는 무림첩을 돌릴 수 없습니다, 맹주."

"그게 안 된다면—"

현천진인은 잠시 말을 멈추고 자리에서 일어나 병풍을

걸었다. 을지태가 굳은 얼굴로 그를 바라보고 있었다.

현천진인이 말을 마저 끝냈다.

"극음천살성이 무림맹에 나타났다고 전하게나."

"그건 아직 확실히 확인된 사항이 아니지 않습니까?"

"만약 그게 사실이 아니라면 내가 이 무림맹을 나가겠네."

"……!"

"이 정도 조건이라면 한 번쯤은 무림맹주로서 월권을 저질러도 되지 않겠는가? 을지 단주."

더는 현천진인의 명령을 거부할 수 없었다.

을지태는 무겁게 고개를 숙이고는 방을 빠져나갔다.

걷힌 병풍 뒤창으로 시린 별빛이 스며들어온다.

그렇게 밤은 점점 깊어져 갔다.

* * *

어둠이 짙게 내리깔린 정주 외곽의 한 관제묘(關帝廟).

관우상의 부리부리한 눈이 달빛에 반사되어 더욱 섬뜩하다.

그러던 어느 순간.

퍽—

관우상의 머리가 한순간에 사라졌다.

그때 들려오는 장난스러운 여자 목소리.

"내 거야. 쳐다보지 마. 재수 없어."

연영하, 그녀다.

그녀는 관제묘 안에 홀로 쪼그리고 앉아 있었다.

그러다가 달빛을 혼자 독차지하고 싶은 마음에 관우상의 머리를 날려 버린 것이다. 머리를 잃은 관우상을 보며 그제야 만족한 듯 고개를 들어 다시금 달에 집중한다.

얼마의 시간이 더 흘렀을까?

사사삭—

풀이 스치는 소리와 함께 열 개의 검은 인영이 관제묘로 들어섰다. 그들은 들어오자마자 바로 연영하를 빙 둘러싼 채 머리를 숙였다.

"가리지 마."

달빛이 오는 방향 쪽에 선 인영 탓에 연영하의 얼굴로 내리쬐던 달빛이 가려졌던 것이다.

하지만 인영은 연영하의 삐딱한 말에도 그 자리를 그대로 지켰다. 공손한 태도와는 대조적으로 명령을 못 알아듣는 것처럼.

퍽—

관우상의 머리처럼 인영의 머리도 그 자리에서 사라졌다.

월광이 다시금 연영하의 천진한 얼굴을 곱게 훑는다.

인영의 머리가 없어지면서 빛이 지나가는 길이 다시 열렸기 때문이다.

한데 희한하게도 인영은 머리가 사라졌음에도 그 자리에 그대로 서 있었다. 꼭, 나 아직 안 죽었어, 하고 말하는 것 같았다.

"노백."

"네, 아가씨."

인영들과 함께 나타난 것일까. 노백이 연영하의 부름에 응답한다.

무슨 까닭인지 그는 관제묘 밖에 선 채 안으로 들어오지는 않고 있었다.

"저것들 머리 없어도 괜찮지?"

"팔황천살조(八荒天煞組)는 전신이 완전히 붕괴되기 전까지는 활동할 수 있습니다. 하나, 뇌가 없으면—"

"명령을 알아먹질 못하겠지. 뭐, 상관없어. 저놈한테 배정된 나머지 것들의 혼백은 전부 나한테 직접 묶어 버리면 돼."

"하지만—"

"됐어, 노백. 이미 한 번 겪어 봤어."

노백은 연영하의 생뚱맞은 '이미 한 번'이라는 말에 더는 말하지 않았다. 그것이 무슨 뜻인지 너무도 잘 알고 있었기 때문이었다.

연영하가 쪼그려 앉은 자세에서 팔꿈치를 무릎 위에 괴고는 손바닥 위에 턱을 올렸다. 그렇게 고정하니 달이, 아니 달 옆에 떠 있는 별이 더욱 잘 보였다.

"저렇게 밝은데 오늘로써 진짜 마지막일 거 같아 너무 아쉬워. 나를 이해해 주고 맞상대해 주던 유일한 친구였었는데."

그녀는 한참을 더 그렇게 그것을 응시하다가 자리에서 일어났다.

"하지만 그래서 더 참아 줄 수가 없어."

언제 그렇게 변한 것일까?

그녀의 눈이 새까맣게 변해 있었다.

우우웅—

갑자기 땅이 흔들리는 듯하더니 그녀의 눈에서 칠흑같이 어두운 기운이 빠져나와 관제묘 전체를 휘감는다.

퍼버버벅—

새까만 기운이 폭풍처럼 팔황천살조의 몸을 사정없이 두들기기 시작했다.

음기가 너무도 짙어, 밖에서는 관제묘의 내부에서 무슨 일이 벌어지는지 전혀 보이지 않을 정도였다.

하지만 팔황천살조가 극음천살기를 온몸으로 받아 내면 받아 낼수록 그 색은 서서히 옅어져 갔다.

얼마 뒤.

관제묘는 이전과 다름없이 고요를 되찾았다.

관제묘 밖에는 그 모습을 처음부터 끝까지 묵묵히 지켜보고 있던, 노백만이 그 마지막을 바라보고 있을 따름이었다.

연영하의 눈은 언제 그랬냐는 듯이 원래의 장난기 넘치는 빛을 회복해 있었다.

그녀는 장난스레 혀를 빼꼼 내밀어 입술을 핥고는 그대로 노백과 함께 관제묘를 벗어났다.

그리고.

그녀가 사라짐과 함께 팔황천살조도 사방으로 흩어졌다. 머리 없는 시체 하나만 남겨 둔 채 말이다.

* * *

황춘일(黃春佚)은 한밤중 요의를 느끼고 잠에서 깼다.

어제 옆집 이구(李九) 녀석이랑 진탕 한잔 걸친 것까지는 기억하는데, 그 뒤는 도무지 기억이 없었다.

으슬으슬 찬바람이 온몸을 두드리는 걸 보니 아마도 집에 가는 길에 술기운을 견디지 못하고 그대로 잠이 든 모양이다.

그는 아직 멍한 눈을 깜빡였다.

누운 자세인지라 월광과 별빛이 고스란히 눈에 수렴된다. 그에 아주 조금씩이지만 시야가 회복되었다.

어둠에 조금 익숙해지자, 그는 흙바닥을 짚고 일어섰다.

이번에는 머리가 핑 돈다. 속도 울렁거린다.

하지만 그 와중에도 황춘일은 바지를 까 내리고는 술

로 꽉 들어찬 오줌보를 먼저 비워 나갔다.

쪼르륵하는 시원한 소리와 함께 온몸이 부르르 떨린다.

"캬— 역시 술 먹고 때리는 오줌이 세상에서 제일 시원해."

역시 이 맛에 술을 마신다.

거나하게 취한 후 시원한 밤바람을 맞으며 오줌을 허공에 뿌릴 때의 그 쾌감이란 말로 설명하기 어렵다.

그 덕분일까. 흐리멍텅했던 시야도 더 빠르게 회복되었다.

한데…….

"응? 이 한밤중에 저것들 뭐지?"

수십 명의 인영들이 어둠을 뚫고 이쪽으로 다가오고 있는 것이 보였다.

어찌나 빠른지 어른어른하던 그들의 그림자가 빠른 속도로 커지고 그 윤곽이 선명해졌다. 금세 그들이 하나같이 죽립을 쓰고 있다는 것까지 알 수 있을 정도가 되었다.

황춘일은 혹시 꿈인가 싶어 고개를 흔들었다.

오줌이 튀어 바지춤과 손에 묻었지만 개의치 않았다. 아니, 느끼지 못했다. 왠지 모를 불안감이 엄습한 탓이었다.

혹시 귀신이면 어떡하지 하는 마음도 들었다.

죽립인들은 어느새 그의 앞에 도착했다. 뭔지 모를 한

기가 그들에게서 뿜어져 나와 황춘일의 몸을 떨리게 한다.

"……귀, 귀신이면 썩 물러나고, 사람이면 정체를 밝히시…… 오……."

황춘일은 너무 무서워 덜덜 떠는 와중에도 간신히 소리 내어 물었다. 하지만 상대에게서는 아무런 대답이 없었다.

그저 맨 앞에 있던 죽립인이 어깨를 으쓱이는 것을 보았을 뿐.

그것이 그가 이승에서 본 마지막 장면이었다.

퍽—

황춘일의 머리가 벼락을 맞은 듯 터져 나갔다.

죽립인의 손이 움직인 속도는 가히 전광석화와도 같았다. 촌부에 불과한 황춘일이 막아 낼 수 있을 리 만무했다.

풀썩.

황춘일은 그대로 절명했다.

그를 죽이면서 밖으로 드러난 죽립인의 손은 새까맸다. 그리고 격하게 손을 쓴 까닭에 그의 죽립이 벗겨졌다.

죽기 전 황춘일이 한 예상이 맞은 것일까?

달빛에 드러난 그의 눈이 마치 귀신의 그것인 양 거무스름하다.

슥.

죽립인은 허리를 숙여 죽립을 주워 다시 머리에 썼다.
그러고는 계속해서 남쪽으로 나아갔다.

곧 다른 죽립인들도 그와 발을 맞춰 빠르게 이동했다.

그 방향은 바로 무림맹 쪽이었다.

第二十三章

금일(今日)

絶世狂人

너 자신을 믿는 것은 좋지만, 믿지 않는 것은 더 좋다.

— 이탈리아 속담

내가 헛되이 보낸 오늘 하루는 어제 죽어 간 이들이 그토록 바라던 하루이다. 단 하루면 인간적인 모든 것을 멸망시킬 수 있고 다시 소생시킬 수도 있다.

— 소포클레스(Sophocles, BC 496 ~ BC 406, 고대 그리스 시인)

*   *   *

마침내 천하청비무대회의 본선 무대가 개시되는 날이 밝았다.

무림맹 이곳저곳에 결선대진표(決選對陣表)가 나붙었다. 이를 확인하기 위한 인파가 미어터질 듯 북적였다.

총 결선 진출자는 마흔두 명.

미리 결선에 진출해 있던, 구파일방 및 오대세가의 후기지수 스물여섯 명. 예선을 치르고 결선에 오른 열여섯 명.

한마디로, 천하청 스물여섯 명에 와상청 열여섯 명이 합쳐져 마흔두 명이 된 것이다.

대회 진행방식은 비새(比賽), 즉, 한 번의 승부로 다음 대전에 올라갈 자가 결정지어지는 방식이다.

패배는 그냥 패배다. 패자부활전은 없다.

이긴 자가 계속 올라가서, 마지막에 홀로 남는 자가 최종 우승자가 되는 것이다.

중간에 부전승으로 올라가는 대전을 제외한다면, 총 마흔두 번의 싸움이 벌어져야 우승자가 결정되는 구조다.

예상보다 적은 사람들이 결선에 진출한 까닭은 고만고만한 실력을 가진 참가자들이 많았기 때문이다.

이기고 지고, 엎치락뒤치락하다 보니, 정작 5연승을

달성한 사람은 그만큼 적었던 것이다.

거기에 더해, 몇몇은 본선에 진출하고도 부상 탓에 실제 대전에 참여를 못하게 된 경우도 있었다.

한 번에 연거푸 다섯을 꺾는다는 것이 보통 어려운 일이 아니었던 탓이었다.

그런 연유로 결선은 오직 중대로의 제1비무대에서만 진행된다.

"와상십육청(瓦上十六靑)이 천하이십육청(天下二十六靑)을 꺾을 수 있을까?"

"그럼! 와상파천(瓦上破天) 동광천 소협이 있는데 당연한 거 아니겠는가!"

"에이, 그래도 명문대파의 유구한 역사가 있는데, 천하청들이 그리 쉽사리 우승을 내주지는 않을 거야."

"어허, 이 사람 보게? 어제 있었던 사건 모르는가? 구룡 셋이 한꺼번에 와상파천에게 깨졌다고 하지 않던가. 삼성 중 한 명인 팽가가주도 이미 제쳐졌고 말이지."

"아니야. 그래도 아직 주성 을지추 소협과 소림이나 무당의 제자들이 남았어."

"아니라니까 글쎄. 승부는 이미 결정 났다니까 자꾸 그러네."

"아니라고!"

곳곳에 나붙은 결선 대진표처럼 무림맹 이곳저곳에서 갑론을박이 벌어지고 있었다.

과연 와상청들이 진짜로 천하청 위에 올라설 수 있을까?

특히, 동광천이 과연 기와지붕 위에서 하늘을 뚫고 그 위에 올라설 수 있을까?

결론은 나지 않았다. 모든 건 싸워 보기 전에는 알 수 없는 일이었으니까 말이다.

"동 형에게 벌써 그럴듯한 별호가 생겼군."

"그러게요. 와상파천이라니. 상당히 멋들어지네요."

팽호류와 하선향도 일찍부터 나와 벽보를 바라보고 있었다.

"근데 네 차례는 언제냐?"

"한참 뒤예요."

"그래? 근데 동 형은 언제지?"

"훗. 그것도 아직 확인하지 않으셨어요?"

하선향의 웃음에 팽호류가 눈을 게슴츠레하게 뜨며 머리를 긁적였다.

"예선탈락한 놈이 뭐하러 결선에 그리 관심이 있겠느냐? 마음속 낭군이 참가하는 처자라면 물론 다를 테지만."

"오라버니—!"

팽호류의 농담에 하선향이 뺨을 발갛게 물들이며 빽 소리쳤다. 사실이라도 입 밖으로 내면 부끄러운 일이 있기 마련이다.

팽호류는 이미 예상하고 있었던지 양손으로 귀를 막고 있었다.

"하하핫. 됐고 네 마음속 낭군께서는 왜 아직 안 보이시느냐?"

하선향은 뾰루퉁하게 입술을 내밀고는 대답하지 않았다.

그녀는 곧 발을 굴러 그대로 지빈각 지붕 위로 올라가 버렸다.

팽호류는 그 모습을 보며 고개를 설레설레 젓고는 다시 웃는다.

"하하하. 부끄럽다고 하면서 몸은 이미 지빈각 위로 향하고 있었구만."

팽호류도 뒤따라 하선향의 옆에 내려섰다.

하선향은 흥하고 콧바람을 세게 내뿜으며 팽호류를 외면했지만, 애써 다른 곳으로 가지는 않았다.

이곳에 있으면 동봉수가 곧 올 것이라 생각했기 때문이었다.

하지만 동봉수는 계속 나타나지 않았고, 시간만 속절없이 흘러갔다.

* * *

그 시각.

동봉수는 여전히 자신의 방에 있었다.

'상당히 주목받고 있군.'

주목. 그렇다.

누구의 것인지는 모르겠지만 어떤 이들이 지빈각 주변 곳곳에서 그를 유심히 관찰하고 있었다.

다들 나름대로 익힌 은신술을 발휘해 숨어 있었지만, 동봉수의 예민한 감을 속이기에는 역부족이었다.

연영하가 보낸 자들인가? 승찬이 남긴 것인가? 아니면 무림맹주가 뿌린 눈들인가? 그것이 아니라면 어제 두들 겨 준 구파일방 후기지수들의 명령을 받은 이들인가? 또 그것도 아니면 얼마 전 어그로를 끌었던 사혈방의 자객들 인가?

아무리 동봉수라 할지라도 지금 상황에서 그것까지 알 도리는 없었다.

상대해 보기 전에 장담하는 것은 어리석은 일이다. 다 만, 추측만이 가능할 뿐.

그리고 지금은 그 모든 이들에게 나름대로의 이유가 있었다. 자신을 감시해야만 할 그런 이유 말이다.

동봉수는 조용히 때를 기다렸다.

비록 최근 존재감을 드러내 움직이고 있었지만, 그렇 다고 모든 걸 다 드러내며 위험을 자초할 필요는 없었다.

특히, 어제 승찬과 만난 이후에는 더욱 조심스럽게 움 직여야만 할 필요가 생겼다.

자신의 주변에서 자꾸 의도치 않은 일들이 벌어지고 있었다. 대부분은 계획한 일이었지만, 큰 부분에서 틀어지는 일들이 여럿 발생하고 있었다.

승찬과의 만남이나 연영하와의 조우뿐만이 아니었다.

그의 앞에 놓인 이 양피지, 천마지서의 획득도 전혀 예정에는 없던 일이다.

천 년 전에 존재하던 인물이 남긴 물건.

그런데 그 인물이 무림 역사상 한 손에 꼽을 정도로 강했던 자다. 한데, 희한하게도 그런 자가 자신처럼 무림 온라인에서 온 자인 것 같다.

동봉수는 태어나서 단 한 번도 누군가의 '설계' 안에 들어가 본 적이 없었다.

스스로가 계획을 짜 누군가를 그 안에 엮은 적은 많았지만, 이런 경우는 정말 처음이다.

도대체 무엇을 먼저, 또 어떻게, 언제 해야 할까?

수없이 많은 눈과 예상치 못한 변수들.

이미 정상적인 뇌의 연산 작용으로 계산할 수 있는 범주를 벗어났다. 아무리 그라 해도 무리다.

그렇다면 어떻게 해야 하는가?

역시 답은 자신만의 행동패턴이다. 하던 대로 한다.

애초에 모르지 않는 길을 가는 것이 최선이겠지만, 지금은 그럴 수가 없었다.

모를 때는 그냥 할 수 있는 일에 충실하다 보면 길이

있다. 언제나 그랬었다.

동봉수는 다시 한 번 천마지서를 살폈다. 지금으로써 할 수 있는 일은 그것뿐이었으니까 말이다.

비록 밤새 살폈을 때 아무것도 알아낸 것이 없었지만, 동봉수는 계속해서 천마지서를 보고 또 보았다. 그렇지만 천마지서는 쉽사리 그 속내를 드러내지 않는다.

불에 쬐거나 물을 묻히는 등의 하찮은 시도는 아예 하지 않았다.

소림 최고의 기재들이라는 긴나라전주들이 천 년 동안, 그 정도도 해 보지 않았을 리가 없을 테니까.

비밀은 다른 데에 있으리라.

빈 종이, 비어 있다, 아무것도 적혀 있지 않다, 하지만 아이템이다…….

대체 이것이 무엇일까? 천마는 어떤 이유로 이것을 남긴 것일까?

동봉수는 계속 그것에 대해 고민했다.

그렇게 얼마 동안을 고심했을까?

와아아아아—

문틈으로 커다란 환호성이 흘러 들어왔다.

'슬슬 움직여야겠군.'

촤악—

동봉수는 두루마리를 접었다.

이제는 나가야 할 시간이 되었다.

어차피 귀찮은 눈들이야 계속 따라붙을 테지만, 본선이 임박한 이때 섣불리 움직일 만한 간 큰 사람은 연영하밖에 없었다.

그리고 그녀는 자신이 어떻게 하든 조만간에 칼을 뽑게 되어 있었다.

지금 당장 그가 할 일은 일단 천하청비무대회의 본선 참가다.

동봉수는 자리에서 일어났다.

그리고는 천마지서를 인벤토리 안쪽 빈자리에 넣었다. 아니, 그러려고 했다.

"……!"

동봉수가…….

천마지서에 손을 댄 채로 그대로 멈췄다.

그의 모든 의지와 신경이 한순간에 방향을 튼다. 천마지서, 연영하, 승찬 등은 일순 우선순위에서 뒤로 밀려버렸다.

인벤토리.

이곳에서 그의 생존에 가장 지대한 공헌을 한 것이다. 그리고 단 한 번도 관리를 소홀히 한 적 없는, 절대적인 창고이자 무기이기도 했다.

그렇기에 그는 인벤토리 안의 상태를 점검하는 것으로 하루를 마무리한다. 어젯밤에도 이 방에 돌아오자마자 인벤토리를 정리했었다. 그리고는 승찬에게 받았던 천마지서를 꺼내고, 바로 닫았다.

그 이후에 잠을 잔 적도, 인벤토리를 다시 연 적도 없었다. 당연히 인벤토리는 그 이전과 이후 그대로여야만 했다.

그런데!

"……엉망진창이군."

동봉수의 말대로였다.

인벤토리 내부가 그의 마지막 기억과 달리 매우 어질러져 있었다.

암기로 쓰려고 넣어 둔 검편이나, 방어구로 사용하는 철판 중 상당수가 사라지거나 찌그러져 있었고, 알 수 없는 시체들이 인벤토리 안을 가득 메우고 있었다.

이는 기억에도 없을뿐더러, 있을 수도, 있어서도 안 되는 일이었다.

대체 뭐가 어떻게 된 일인가?

매우 황당한 일이었지만, 동봉수는 당황하지 않고 인벤토리 내부를 하나씩 살펴 나갔다.

바깥에서 들려오는 환호성이 점점 더 커지고 있었고, 내공이 실린 누군가의 큰 소리까지 들리는 걸 보니 이제 정말로 본선 시작이 임박한 모양이었다.

하지만 동봉수는 여전히 꿈쩍도 하지 않았다.

아직 약간의 시간이 있다. 조금만 더 살펴보고 나간다.

물건이 없어진 것도 있고, 새롭게 생긴 것도 있다. 한데 자신은 잠시도 이 방을 벗어난 적이 없다. 물론, 인벤토리창을 연 적도 없다. 그렇다고 정신을 잃은 적도 없다.

그렇다면 이 일의 전모를 간직한 단서는 오직 인벤토리 그 스스로뿐.

동봉수는 빠르게 인벤토리 내부를 훑어 갔다.

그러다가 그의 시선이 어느 한 곳에서 딱 멈췄다.

뭔가가 있었다.

있어서는 안 되는 어떠한 것이 인벤토리 안쪽 구석 시쳇더미들이 있는 곳 어딘가에 내팽개쳐져 있었다.

그것은…….

손. 그중에서도 오른손.

아주 익숙한 오른손이다.

동봉수는 그것을 꺼내 천마지서 옆에 내려놓았다. 그리고는 자신의 오른손을 그 옆에 나란히 놓았다.

"……."

똑같다. 지난 몇 년간 자신의 몸에 붙어 있던, 지금도 붙어 있는 바로…….

그래, 이건 내 거다. 내 손이다. 확실하다. 의심의 여지가 없다.

그런데…….

이게 왜 여기 있지?

와아아아아아—!

점점 커져 가는 밖의 환호성이 그의 발길을 계속해서
잡아끈다.

＊　　＊　　＊

술렁이는 중대로의 비무대 남쪽으로 높은 단이 마련되
어 있었다. 단은 계단 형식으로 되어 있어서 무림맹의 주
요 인물들과 초빙인사들이 차례차례 나타나 쭉 앉았다.

무림맹주인 현천진인이 제일 꼭대기 층의 가운데 앉았
다. 그 옆에는 을지태가 앉아 비무대와 그 주변 전체를
날카로운 눈으로 훑고 있었다.

항마전주 자도운(紫徒運)과 극사전주 이현궁(李玄宮),
만무전주 노천(盧玔) 등이 서열별로 그 아랫단에 앉았고,
구파일방과 사대세가에서 온 장로나 호법 등 명숙들이 다
시 그 단의 아래쪽에 착석했다.

비무대 중앙에는 예선을 주관했던 무림맹의 세 군사인
남궁혜와 제갈앙(諸葛仰), 사마사의(司馬思義)가 북동서
방향을 바라보며 각각 서 있었고, 비무대의 북쪽 아래쪽
에는 바둑판형의 단이 또 하나 마련되어 있었다.

바로 결승 진출자들을 위한 단이었다.

주성 을지추, 해남검봉(海南劍鳳) 서희(徐熙), 청성검
룡(靑城劍龍) 팔비쾌속검(八臂快速劍) 위상휴(衛上休),

혈전도(血戰刀) 단온(單溫) 등의 천하청들.

하영연, 종지항, 성휘, 송현(松玄), 천태령(天兒嶺), 은대랑(殷大狼) 등의 와상청들이 하나둘씩 그 위에 자리를 잡아 갔다.

군중들은 그들 하나하나가 나타날 때마다 비무대가 무너질 듯 환호성을 보냈다.

그들은 이미 무림의 미래가 되었고, 저들 중 우승자가 차기 강호제일인에 가장 가까운 인물이 될 것이라 믿어 의심치 않았기 때문이리라.

곧 하선향과 화예지도 북단 위에 마련된 의자에 착좌(着座)했다. 하지만 본선 시작이 임박했음에도 자리에 앉은 이의 수는 서른네 명밖에 되지 않았다.

왜냐하면, 어제 식당에서 있었던 번외(番外) 사건 탓에 천하청 중 일곱 명이 결승에 참석하지 못하게 된 탓이다.

그리고 그렇게 만든 원인 제공자인 한 명 또한 아직 보이지 않았다.

'둥 오라버님이 아직 안 보여. 왜 안 오시지? 첫 번째 순서인데!'

하선향은 손톱을 깨물며 동봉수를 기다리고 있었다. 이제 곧 시작인데, 제때 나타나지 않으면 그대로 실격이다.

그녀가 그렇게 애타 할 때, 현천진인의 앞쪽에 앉아 있던 황의중년인 황산신창(黃山神槍) 초백(草白)이 비무대 가운데 쪽으로 날아올랐다.

그는 황산파(黃山派) 장문인으로, 무림맹의 외단 총단주를 맡고 있는 인물이자, 십대의 일인이기도 했다.

우와아아―!

초백의 등장에 사람들의 함성이 크게 메아리쳤다. 드디어 천하청비무대회 본선이 시작되리라는 걸 모두들 직감한 것이다.

"무림동도 여러분, 오래 기다리신 만큼 긴말은 하지 않도록 하겠습니다. 이제부터 최후에 남을 일인을 가려 보도록 합시다!"

삐익― 우와아아아!

또 한 번의 함성 소리와 입피리 소리가 중대로를 넘어 무림맹 전체를 떨어 울렸다.

"개방의 을지추!"

초백의 호명에 북쪽 단 가장 왼쪽 앞에 앉아 있던 소화자(小和子)가 자리에서 일어섰다.

얼마나 기웠는지 알지 못할 정도로 다 헤어진 넝마에, 씻지 않아 다 꼬여 버린 까치머리, 그리고 땟구정물이 줄줄 흐르는 꼬질꼬질한 얼굴. 거지 중에서도 상거지였다.

하지만 그가 일어서자 사람들의 입에서는 우레와 같은 함성이 터져 나왔다.

그것은 그의 허리를 묶은 끈의 매듭이 무려 여덟 개라

는 사실 때문이었다.

팔결(八結).

이는 후개(後丐)의 상징이다. 후개란 바로 차기 개방주를 뜻함이다. 그의 외모가 어떻든지 다 필요 없고, 이 여덟 개의 매듭이 그를 온전히 설명하고 있었다.

그는 바로 오고의 일인인 진천주개(震天酒丐) 이괄장(李刮掌)의 하나뿐인 제자, 주성 을지추였다.

함성은 계속해서 커져 나갔다. 특히, 대문파 사람들이 더욱 그러했다.

을지추는 단순히 개방의 대표일 뿐만 아니라, 지금부터는 대문파 전체의 대표이기도 한 까닭이었다. 이제 그까지 와상청에게 패한다면 천하청 쪽에서 믿을 사람은 소림과 무당의 대표밖에 남지 않게 된다.

그는 비틀거리며 비무대로 올랐다. 술에 취한 듯 냄새를 풀풀 풍겼지만 아무도 뭐라 하는 이는 없었다.

[멀쩡할 때의 취팔선보(醉八仙步)와 타구봉법(打狗棒法), 그리고 항룡십팔장(降龍十八掌)은 아무리 극성으로 익혀도 십일 성이다. 마지막 일성을 완성하게 하는 것은 바로 술 한 방울이다.]

개방의 방주가 될 이들에게만 전수되어지는 이 세 무공은, 일명 주사비공(酒邪秘功)이라고도 불린다.

일부에서는 술을 먹기 위해 잘도 갖다 붙인다고 비아냥거렸지만, 이것을 대놓고 말할 수 있는 이는 아무도 없었다.

개방이라는 이름 그리고 그 정점에 서 있는 방주란 존재와 그가 사용하는 무공.

함부로 입에 올려 비웃었다가는 천하 모든 거지들의 공적이 될 수도 있었다. 관이나 강호의 주인은 죽거나 바뀔지언정, 거지들의 주인은 언제나 개방주였고, 십만 걸인들의 우두머리였다.

"꺼억—"

을지추는 비틀거리면서도 끝내 비무대 위에 올라섰다.

곧 초백은 손에 들고 있던 참가자 명단을 확인하고는 그의 상대자를 호명했다.

"동광천!"

다시금 열광적인 환성이 쏟아져 나왔다.

이번 대회를 통해 가장 많이 알려진 사람을 꼽으라면 단연코 동광천, 바로 동봉수였다. 사람들은 그의 짧지만 강렬한 행보에 놀라워했으며, 또한 그가 어떠한 인물인지에 대한 소문이 퍼질 때마다 놀라워했다.

도시 누가, 별호도 없는 무명소졸이 모용병을 이기리라 여겼었던가? 대체 어떤 이가, 초출의 무림 새내기가 팽호류를 꺾으리라 예상했었을까?

도대체 누가!

혼자서 구룡 셋과, 십여 명의 날고 기는 후기지수를 한 번에 박살 낼지 알았을까?

모든 이변의 중심에는 그가 있었다.

과연 이번에도 그럴 수 있을까?

사람들은 모두들 그의 등장을 기다렸다. 하지만 무슨 일인지 그는 아직까지 나타나지 않고 있었다.

"동광천! 동 광 자, 천 자 이름을 쓰는 자는 어서 비무대 위로 올라오라!"

초백이 다시 동봉수를 불렀다.

하나, 여전히 나타나는 이는 없었다. 모두들 초조해지는 가운데 초백이 재차 동광천이란 이름을 호명했다.

벌써 세 번째. 이제 두 번만 더 부르면 동봉수는 자동으로 실격처리 된다.

동광천, 또 동광천.

그렇게 모두의 아쉬움 속에 동봉수의 탈락이 확정되려는 순간!

"⋯⋯어, 언제?!"

"어? 뭐지?"

"⋯⋯."

어느새인가 을지추의 옆에 동봉수가 서 있었다.

장내의 대부분이 그가 어떻게 나타난 것인지 알지 못했다. 어쩌면 아무도 모를지도 모른다.

많은 이들이 그의 갑작스러운 등장에 당황스럽다는 반

응을 보였지만, 몇몇은 그저 묵묵히 비무대를 바라볼 뿐
이었다. 그중에는 초백도 있었다.

"늦었군. 그럼 바로 시작하도록 하지. 북을 울려라!"

그는 당황하지 않고 바로 결승 개시를 명하고는 삼군
사들과 함께 남쪽 단으로 내려갔다.

둥, 둥, 둥.

북소리가 울리고 비무대 위에는 동봉수와 을지추만이
남게 되었다.

"그쪽이 소문의 그, 싸가지인가 보오?"

을지추는 동봉수를 처음 봤다. 근데 등장부터 심상치
가 않았다.

처음 보는 신법. 아니, 저런 걸 신법이라고 해야 하는
걸까?

"방금 전 대체 어떻게 비무대 위에 올라온 것이오?"

동봉수에게서는 대답이 없다. 그는 그저 조용히 품에
서 시뻘건 검 한 자루를 끄집어낼 뿐이었다.

"문답무용이란 말이군. 하긴 무림인이란 싸가지들은
다들 그런 것이 아니겠소. 딸꾹."

스르륵.

을지추도 술에 취해 꺽꺽이며 등 뒤에 십자형으로 교
차되어 있던 녹색옥봉 두 개를 풀어 가운데 접합부를 이
용해 이어 붙였다. 그러자 기다란 하나의 봉이 되었다.
그것이 을지추만의 타구봉이었다.

"그럼 취한 김에 우리 한 번 걸지게 놀아 봅세!"

말이 끝나기가 무섭게 을지추가 바닥에 드러누우며 동봉수에게 타구봉을 내려쳤다.

꼭 개의 등을 위에서 눌러 납작하게 만드는 듯한 공격이었다.

깡—!

아무렇게나 휘두른 것 같았는데, 그것이 만들어 낸 소리는 엄청났다. 을지추의 봉끝에 막대한 경력이 맺혀 있었던 것이다.

동봉수는 그것을 맞받지 않고 뒤로 반 보 물러서 피했다.

이에 타구봉에 실린 모든 힘은 비무대가 대신 받았다. 만약 한철이 아니었다면 이 벽자결(劈字訣) 압편구배(壓扁狗背) 초식 한 수에 바닥이 움푹 파였으리라.

을지추의 공격은 아직 끝나지 않았다.

파라락—

바닥에 누운 타구봉이, 을지추가 손을 움직여 바닥을 쓺에 따라 동봉수의 발을 향해 돌아 들어갔다.

이에 동봉수가 다시 반 보 뒤로 물러났다. 하나, 을지추의 바닥 쓸기는 계속되었다. 아니, 아예 물구나무선 채 빙글빙글 돌기 시작했다.

전자결(轉字訣) 발구조천(發狗朝天)의 초식을 거꾸로 시전한 것이었다. 원래의 발구조천이라면 개를 하늘로 들어 올리는 듯한 공격인데, 이건 그것을 완전히 거꾸로 펼친 것이었다.

실로 놀라운 경지였다.

십팔로타구봉법(十八路打狗棒法)은 열여덟 개의 노초(路招)와 여덟 개의 구결로 이루어져 있다.

그러니 실제 사용되는 기본적인 초식만 해도 백여든여덟 가지나 된다.

하지만 지금 을지추가 하는 것처럼 응용초식까지 포함한다면 그 초식이 실로 무궁무진하다. 물론, 이런 경지는 아무나 이를 수 있는 것이 아니다. 노초와 구결을 암기하고 이해하는 것을 넘어서서, 완벽히 익히고 녹여내어야지만 가능한 것이었다.

지금 을지추는 이미 그런 경지에 이르러 있었다.

사사사삭. 파팟.

동봉수는 빙빙 돌며 발을 쓸어 오는 타구봉을 피하며 뒤로 물러섰다. 그러다가 비무대 모서리에 당도해 더 피할 곳이 없자 위로 몸을 띄웠다.

"하압―!"

그때를 노린 것일까.

을지추가 물구나무선 자세 그대로 팔꿈치를 굽혔다가 쫙 폈다. 그러자 빙빙 돌던 회전력이 살아 있는 그 상태 그대로 하늘로 솟구쳤다.

빙글.

허공에 뜬 동봉수의 하체 쪽으로 을지추의 발이 팽그르르 돌며 날아들었다. 동봉수는 손에 쥐고 있던 낭인검을 그런 을지추의 발로 뻗었다.

을지추는 위쪽으로 향했던 발을 비무대 쪽으로 떨궜다. 그 한 수로 동봉수의 반격을 피한 것이다.

게다가 하체를 내린 탓에, 아래로 향하고 있던 상체가 반전되며 위로 튀어 올랐다. 그는 그 상태에서 날아오르던 탄력과 상체가 솟구쳐 오르는 힘, 그리고 바닥을 쓸던 회전력까지 모두 이용해 타구봉을 휘둘렀다.

바로 도자결(挑字訣) 인구입채(引狗入寨) 초식의 응용이었다.

동봉수의 검은 허공을 갈랐고, 등 쪽이 완벽히 노출되었다.

그때 타구봉이 담장 안에 들어온 개를 두들기기 위해 무섭게 날아들었다.

"어어엇―!"

"설마 벌써 끝나는 거 아냐?"

관전하는 사람들이 보기에는, 동봉수가 도저히 피할 수 없을 것 같은, 절묘한 한 수였다. 하지만 그의 눈은 여전히 무덤덤했다. 구경꾼들이 보는 것과는 다르게 위기라고 느끼고 있지 않다는 방증이었다.

휘리릭.

동봉수는 자신의 등에 타구봉이 닿기 직전 몸을 순간

적으로 꽈배기처럼 꼬았다.

그 타이밍이 아주 시의적절해서 타구봉의 경력 대부분을 가슴 앞쪽으로 흘려 낼 수 있었다.

파파팟—!

그 직후 동봉수의 몸이 다시 원래대로 돌아가면서 쫙 풀어졌다. 그러자 낭인검이 뒤쪽으로 돌아들어 타구봉과 강하게 마주쳤다. 마치 큰 용이 똬리를 틀었다가 풀며 꼬리를 치는 듯한 모양새.

바로 마모로타의 거룡파미였다.

까강—!

"큭!"

"음."

충격으로 인해 둘은 각자 비무대 양 끝으로 날아갔다.

타닥.

동봉수는 내부가 약하게 진탕되었지만 큰 타격은 없는지 공중제비를 돌며 가볍게 비무대 위에 착지했다.

그건 을지추도 마찬가지였다.

그는 바닥으로 떨어지며 오히려 타구봉으로 바닥을 강하게 내리꽂았다. 큰소리가 나며 떨어지던 충격이 모두 상쇄되었다. 그뿐 아니라, 앞으로 날아갈 추진력까지 얻었다.

손오공이 부처님 손바닥을 여의봉으로 짚고 앞으로 날아가듯, 을지추가 동봉수를 향해 쇄도해 들었다.

쐐에엑―!

동봉수의 눈빛이 변했다.

그가 차갑게 눈을 빛내며 낭인검을 들고 [검기]를 일으켰다. 곧바로 그의 검끝으로 아지랑이 같은 기운이 무럭무럭 피어났다.

[검기(劍氣) Lv.5 숙련도 : 42.55%]

검에 기를 덧씌워 파괴력을 증가시키는 기술. 공격력을 비약적으로 증가시키지만, 검기를 유지하는 데에는 많은 공력이 필요하다.

검기의 발출효과로 사정거리가 소폭 상승한다.

공격력 보너스 : 250%

사정거리 보너스 : 5%

초당 진기 소모 : 50 JP

팽호류와 싸울 때에도 사용하지 않았던 '버프스킬' 중 하나였다. 그가 [검기]까지 일으켰다는 것은 을지추가 삼성 중 가장 강하다는 뜻에 다름아니었다.

플레이어의 능력을 추가적으로 증대시키는 버프 스킬은 이곳의 사람들은 상상도 할 수 없을 기술이다. 하물며 [검기]는 공격력을 250%, 사정거리를 5%나 상승시키는 어마어마한 스킬이었다.

팟.

동봉수는 이쪽으로 날아오는 을지추를 향해 마주 짓쳐 들었다.

둘은 비무대 가운데에서 격하게 충돌했다.

[검기]를 피워 올리는 동봉수의 낭인검과, 개의 엉덩이를 쾌속하게 후려치듯 휘둘러져 오는 을지추의 타구봉이 허공에서 마주쳤다.

퍼버벙―!

검과 봉이 부딪쳤는데 꼭 벽력탄이 터지는 것 같은 폭음이 터져 나왔다.

"큭―!"

전자결(纏字訣) 쾌격구둔(快擊狗臀) 대(對) [검기]가 더해진 [횡소천군].

두 초식 사이의 승자는 명확했다.

부딪친 자리를 그대로 지키고 선 동봉수에 반해, 을지추는 피를 한 움큼 뿜어내며 뒤로 삼 장을 날아가 바닥에 길게 몸을 눕혔다.

동봉수의 우세승이었다.

그는 승부가 끝났다 여기고 몸을 돌렸다.

사실 그가 [검기]까지 뽑아낸 이유는, 을지추가 생각보다 강한 것도 있었지만, 그것보다는 인벤토리 안에서 벌어진 일을 한시라도 빨리 알아내고 싶었기 때문이었다. 아까 방에서는 본선이 시작하기 직전이었던 탓에 생각할 시간이 부족했었다.

실제로 그는 몸을 돌리자마자, 곧바로 인벤토리창을 열었다.

동봉수는 비무대를 내려가는 계단 쪽으로 걸어가며 계속해서 인벤토리를 살폈다. 여전히 어떻게 된 일인지는 알 수 없었다.

그러다가 문득 이런 생각이 들었다.

혹시 인벤토리 말고 다른 곳에도 문제가 발생한 것이 아닐까?

그는 확인 차 인벤토리창을 잠시 닫았다. 그러자 기본 인터페이스 창만이 남게 되었다.

"......"

그가 걸음을 멈췄다.

뭔가 이상한 점이 드디어 그의 눈에 포착되었다.

시스템 인터페이스 우측 상단 끝 쪽에는 시간 커서(Cursor)가 항시 깜빡인다. 그것은 게임을 얼마나 오랫동안 접속해 있었는지 알려 주는 커서였다.

그 시간, 그 시간이…… 수상하다.

어제 마지막으로 확인했을 때…….

247시간 37분 29초였다―얼마 전 로그 인, 로그 아웃을 반복할 때 플레이 시간이 모두 리셋되어 0이 되었기에 그것밖에 되지 않는 것이다. 원래라면 몇 만 시간을 훌쩍 넘어야 한다.

한데, 지금은.

281시간 15분 11초를 막 지나고 있었다.

어제 마지막으로 인벤토리를 확인한 시간 이후 대략 10시간쯤 지났으니, 접속 유지 시간은 257시간 근방이어야 맞는 것이다.

이건······.

약 24시간.

거의 정확히 하루의 시간이 늘어나 있었다.

이전에도 이런 일이 몇 번 있었지만, 그때는 그저 시스템의 또 다른 버그라고만 생각했었다.

이에 대해 고민했었던 적도 있었지만, 실제 그에게 어떠한 영향을 미친 적은 없었기에 그대로 기억 속 저편에 묻어 뒀다. 이번에도 그저 이전처럼 버그라고 치부하고 넘어가면 그만이었다.

하지만 동봉수는 그러지 않았다.

원래 그는 세상 모든 것을 잘 믿지 않는다. 거기에는 자기 자신이 과거에 내린 판단도 포함된다. 과거에 옳았다고 지금 상황에서도 옳은 것은 절대로 아니었으니까.

그는 묻어 뒀던 기억을 끄집어냈다. 이전에는 어떠한 징후나 증거가 없었기에 지나쳤었지만, 지금은 달랐다. 하나의 가설을 세울 수 있을 만큼 말이다.

[인벤토리가 있는 세계, 즉, 시스템의 시간은 이곳의 시간과 같지 않다. 이곳의 시간이 모종의 이유로 약 하루

동안 똑같은 시간대를 반복했다. 그리고 그동안 시스템은
자신만의 시간을 겪었다. 그 흔적이 엉망진창이 된 인벤
토리이고, 그 시간 동안 나는…….]

동봉수가 다시 걷기 시작했다. 점점 걸음이 빨라진다.

가설의 아귀가 맞아 들어가고 있었음에다.

와아아아아ㅡ!

금세 비무대 끝에 도착했다. 그가 막 군중들의 환호를
받으며 비무대를 내려가려 할 때였다.

"오라버님ㅡ! 아직 안 끝났어요!"

대기석에서 관전하고 있던 하선향이 비무대 끝에 있는
계단에 발을 막 딛으려는 동봉수를 향해 소리쳤다.

"……!"

초진기장이 출렁인다. 영안이 미친 듯이 소리친다.

20, 19, 18…… 10, 9, 8, 7, 6…….

숫자가 빛의 속도마냥 빨리 줄어든다!

그것도,

뒤쪽이다!

그걸 느낀 순간, 빠르게 돌아가던 사고(思考)가 정지
되었고 동봉수는 이미 바닥을 박차고 하늘 위로 솟구치고
있었다.

파팍ㅡ!

비무대 귀퉁이가 우그러졌다. 조금 전까지 동봉수가

서 있던 바로 그 위치다. 비무대 바닥 윗면을 덮은 한철이 완전히 함몰되었고, 그 아래쪽을 떠받치던 청석은 아예 가루가 되어 버렸다.

"……저, 저, 저……!"

"저거 설마…… 강기인가?"

"봉강(棒罡)! 진짜 봉강이다!"

대부분이 놀랐다. 예외는 별로 없었다.

을지추가 아직 쓰러지지 않았다는 사실보다는, 그가 들고 있는 타구봉의 끝. 정확히는 그 끝을 뚫고 한 자나 삐쳐 올라온 녹색의 빛줄기가 놀랍다.

그것은, 바로 강기다.

무림인들이란, 근원적으로 강함을 추구하는 사람들이다. 그리고 그 강함을 도식화해서 좀 더 구체적인 목표를 세우고 도달하기를 열망한다.

신화경(神化境)이니, 탈인지경(脫人之境)이니, 등봉조극(登峰造極)이니, 하는 꿈속에서나 가능한 추상적인 경지가 아닌, 실제로 이룰 수 있고 이룬 사람도 매 시대별로 몇 명 나오는 그런 실재적인 궁극의 경지 중 하나가, 곧 강기의 발출이다.

실현할 수만 있다면 쇠를 무 썰듯, 할 수 있고, 경우에 따라서는 온몸에 둘러 몸을 보호하는 데에 이용할 수도 있었다. 이가 바로 호신강기다.

이 때문에 강기를 내뿜을 수 있는 경지에 오른 자는 공수에서 모두 극강이 될 수밖에 없었다.

강기를 뿜어낼 정도의 경지에 이르지 못한 무림인들은 그들에게 상처를 입힐 수도, 그렇다고 공격을 막는 것도 거의 불가능하기 때문이다.

그렇다면 현 강호에서 강기를 뿜어낼 수 있는 자는 몇이나 될까?

정확하게 알 수는 없었다.

다만, 절대십존과 천하십객이라고 해서 모두 이 같은 경지에 이른 것은 아닌 것으로 알려져 있었다. 그만큼 희소하고 올라서기 어려운 경지가 바로 강기를 뿜어내는 일이었다.

한데 지금, 그런 강기를 고작 이십대에 불과한 을지추가 뿜아내고 있었으니, 사람들이 아니 놀랄 수가 있겠는가.

사람들의 주목을 받으며 을지추가 고개를 뒤로 젖혀 위를 쳐다봤다. 점점 작아지는 동봉수의 발바닥이 보인다.

"하압―!"

그가 바닥을 박차고 날아올랐다. 뒤늦게 뛰었음에도 둘 사이 간격이 빠르게 좁혀졌다. 봉술만큼이나 을지추의 신법도 뛰어남이리라.

동봉수가 아래쪽을 내려다본다.

흥―

봉강을 머금은 타구봉이, 동봉수가 몸을 틀어 피할 만한 모든 방위를 점하며 덮쳐 왔다.

반자결(絆字訣) 삼견창식(三犬猖食)의 강기 버전이었다.

미쳐 날뛰는 사나운 개 세 마리가 밥을 먹으러 나온 것처럼, 타구봉이 동봉수에게 사납게 날아 들어왔다.

더 높이 날아오르지 못한다면 그대로 패배를 당할 판이었다.

한데, 바로 그때!

동봉수의 주변 기가 세차게 요동치기 시작했다. 동시에 낭인검 또한 초고속으로 자전했다. 그에 팽호류와의 싸움 때 사용했던 자전검환이 낭인검 주변으로 급격하게 퍼져 나갔다.

한데, 그렇게 빠르게 영역을 넓혀 가던 자전검환이 어느 순간부터 쪼그라들어 순식간에 낭인검 언저리로 압축되어 들어왔다.

바로 초진기장을 통제해서 자전검환을 낭인검 주위에만 국한시킨 것이다.

그러자 아지랑이처럼 아른거리기만 했던 [검기]에, 팽이처럼 핑핑 도는 검환고리가 덧씌워졌다. 마치 얇은 도넛 수백 개를 검에 끼운 것 같았다.

이곳 사람들에게는 그 모습이 마치…….

새빨간 검강이 낭인검을 감싸며 회오리치는 것처럼 보

였다.

퍼버버벙—!

핏빛의 자전검광과 세 가닥의 영롱한 녹빛 봉광이 격렬히 부딪쳤다.

지켜보는 사람들의 눈을 부시게 할 정도의 적녹색 빛이 비무대 위 허공을 수놓으며 사방으로 뻗어 나갔다.

"예쁘다……. 무공이라는 것이 이렇게 아름다울 수 있다니."

"햐— 저럴 수가. 어떻게 저 나이에 저런 지고한 경지에 이를 수가 있단 말인가?"

"……."

몇몇은 감탄을 하고, 또 몇몇은 한숨을 내쉬었다.

그렇지만 대부분은 침묵한다. 단 한순간도 놓치고 싶지 않았기에.

타닥.

동봉수가 비무대 한쪽 끝에 내려섰다. 을지추도 맞은편 끝에 착지했다.

무심한 눈과 몽롱한 눈이 마주친다.

"……회전하는 검강이라니……. 보고도 믿을 수가 없군……."

실제로는 검강이 아니었지만, 굳이 나서서 풀어 주지는 않았다. 그럴 필요가 없었으니까.

그저 동봉수는 다시금 전투의 맛을 느끼고 있었다.

삶의 재미라는 것이 이런 게 아니겠는가?

싸우고, 또 싸우고—

백척간두(百尺竿頭) 위에 박힌 칼끝에 선 인생.

그 짜릿함이란 이루 말할 수 없는 것이었다. 동봉수 같이 감정이 메마른 자도 거기에 매료되었으니 말이다.

이래서 그 긴 세월 수많은 사람들이 목숨을 버려 가면서까지 이 길을 걷지 않았겠는가.

어느새인가 동봉수가 무인이 되고 있었다.

비록 그 본질이 변한 건 아닐 테지만…… 죽음이라는 취미에 무인만큼 어울리는 것도 또 없겠지.

동봉수는 다시 검을 들어 앞으로 치달렸다.

그 와중에도, 그는 냉철한 이성을 재차 회복한 채 뇌회전을 다시 시작했다.

잃어버린 하루, 그 비밀을 찾아서.

*　　*　　*

"자전검강이라니……. 자네는 저런 걸 상상이나 한 적이 있는가. 분명 자네에게 처음 보고받았을 때에는 내공이 터럭만큼도 없는 자라고 들었었는데, 이게 대체 어떻게 된 일인가?"

현천진인이 나직하게 말했다.

그가 보기에 을지추의 경지도 놀라웠지만, 동광천은

경악스러운 정도였다. 믿기 어렵다고 해도 전혀 과하지 않았다. 바로 눈앞에서 벌어진 일이 아니었다면 진정으로 믿지 않았을지도 모른다.

"……송구합니다. 맹주. 하나, 저와 처음 조우했을 때는 분명 그러했었습니다."

경악하기는 을지태도 마찬가지였다.

확실히 처음 만났을 때부터 무림맹에 데리고 올 때까지만 하더라도 동광천에게 내공은 없었다.

그런데 한 달도 채 되지 않는 짧은 기간에 검강이라니. 그것도 전혀 알려지지 않은, 특이한 형태의 검강인 자전강기.

을지태는 무림의 한미한 가문에서 태어났다.

이 위치까지 올라오는 데에 참으로 긴 인고의 시간이 필요했다. 검을 휘두를 수 있는 시간에는 검을 휘둘렀고, 그럴 수 없을 때에는 검로를 되새겼다. 그렇게 수십 년 만에 간신히 강기를 유형화할 수 있었다.

한데 저들 둘은 이십 대의 젊디젊은 나이에 이미 거기에 발을 내디뎠다. 특히나, 동광천은…….

말로 표현하기 어려웠다.

혼자서 이 자리까지 오면서 스스로에게 큰 자부심을 가졌었다. 하지만 오늘부로 그것이 무너질까 봐 두렵다. 부럽다는 생각조차 들지 않는다.

그저 무섭다는 생각이 들 뿐.

오호통재(嗚呼痛哉)라.

영재는 천재를 이길 수 없고, 천재는 '난' 괴물을 이
길 수 없나 보구나.

"승찬대사가 어제 저자를 만나고 난 후 맹을 떠났으이.
승찬대사를 만남 한 번으로 움직일 만한 자가 과연 이 중
원 무림에 누가 또 있으랴? 자네는 짐작 갈 만한 이가 있
는가?"

을지태는 아무 대답도 하지 못했다.

현천진인이 침중한 표정으로 수염을 한 번 쓰다듬고는
말했다.

"나는 둘 중 하나가 아닐까 생각하이."

"……?"

"극음천살성의 택자가 아니라면, 그 대적자."

현천진인의 충격적인 말에 을지태의 얼굴에 놀랍다는
표정이 떠올랐다. 한데 현천진인의 과감한 추론은 아직
끝난 것이 아니었다.

"나는 후자인 듯싶네. 극음천살성의 택자라면 승찬대
사가 내게 말하지 않았을 리가 없지 않으이."

"……대적자라 하시면?"

"자네가 어제 내게, 승찬대사가 저자를 보고 천산에서
왔느냐고 먼저 물었었다고 했었지. 나는 어제 밤새 그것
에 대해 고민했었네. 그리고 하나의 결론에 도달했으이.
그렇게 생각하기에 많은 무리가 있었네만, 저자가 싸우는

걸 직접 보고 나니 이제야 확신할 수 있게 되었어."

"혹시……?! 맹주께서 생각하시는 그 대적자라는 것이 설마?!"

"아마 지금 자네가 생각하고 있는 그것이 맞을 걸세."

을지태가 놀란 표정으로 동봉수와 현천진인을 번갈아 바라본다.

"지금 즉시 대기 중인 모든 병력에 비상 명령을 내려 이곳으로 불러들이게."

"하지만 아직 확실한 것은 아니지 않습니까?"

"만약 맞다면 어떡할 텐가? 천마일세. 비록 가능성에 불과하지만 대비해야 할 일일세. 조금이라도 늦는다면 천 년 전의 겁화가 다시 중원을 뒤집어엎을 걸세."

"……."

"그리고 내 감이네만 이곳에 극음천살성의 택자도 분명히 와 있으이. 둘을 한꺼번에 처리할 수 있는 절호의 기회가 될지도 모르네. 서두르게."

"……알겠습니다, 맹주. 명 받잡겠습니다."

탐탁지는 않았지만, 을지태는 하는 수 없이 무화문을 향해 달려갔다.

비무대 위에서는 동봉수와 을지추의 격전이 그 끝을 향해 달려가고 있었다.

* * *

카랑—!

"큭—"

낭인검과 타구봉이 다시금 맞부딪쳤다.

을지추가 뒤로 격하게 밀려난다. 타구봉법 봉자결(封字訣)에 반자결과 전자결을 섞어서 간신히 버텨 냈다.

하지만 그것도 이제 거의 한계에 달한 듯했다.

손을 섞으면 섞을수록 점점 밀려나는 거리나 충격이 커지고 있었다. 그 말은, 상대가 서서히 타구봉법에 익숙해지고 있다는 뜻이었다. 게다가 가끔씩 뭔지 알 수 없는 기운이 밀려와 자신을 뒤쪽으로 밀어낼 때면 어이가 없을 정도였다.

"그쪽…… 대체 뭐요? 귀신의 후예라도 되는 거요? 뭐가 이렇게 세?"

동봉수의 자전강기도 무시무시했지만, 그 신체 본연의 힘과 지구력, 속도는 더욱 엄청났다. 자신은 내력뿐만 아니라 체력 자체가 거의 바닥이 난 듯한데, 상대는 싸울수록 더 빨라지고 힘도 더 세지는 것 같았다.

을지추는 그것을 여실히 느끼고 있었다. 아마 타구봉법과 취팔선보의 묘용이 없었다면 패해도 진즉 패했으리라.

을지추는 몰랐다.

동봉수에게는 내공뿐 아니라, JP라는 추가적인 기력

포인트가 있고, 스탯이라는 사기적인 신체능력, 그리고 [연격]이라는 스킬이 있다는 사실을.

어쨌든 을지추는 이제 결단을 내려야만 했다.

이대로 무기력하게 패하든지, 마지막 남은 힘을 짜내 승부를 걸어 보든지.

물론, 결론은 이미 정해져 있었다.

사라랑.

을지추가 재차 봉자결과 전자결을 이용해 간신히 자전 검강을 막고 흘려 냈다.

그에 내부가 격하게 진탕되었지만 참았다. 그 직후 그는 할 수 있는 최대한의 속도로 뒤로 물러섰다. 그러고는 타구봉을 머리 위로 높이 치켜들었다.

동봉수가 따라붙으려다가 심상치 않은 기운을 감지하고는 멈춰 선다.

"이거 참. 천하청비무대회에서 이 초식까지 쓰게 될 줄이야. 필생의 적수가 생기면 그때서야 쓸 줄 알았는데……. 아무튼 조심하시오. 우리 역대 거지왕초들이 창안하고 누더기처럼 덕지덕지 기워진 무공이지만, 꽤나 대단한 것이외다. 천하의 똥개들을 모조리 없앨 만큼 말이오."

끼기깅—

기이한 음향과 함께 타구봉 끝에 맺힌 강기가 순간 잦아들었다. 관중들도 조만간 대전이 결판이 나리라는 걸 느낀 듯 일순 잠잠해졌다. 동봉수는 여느 때와 같이 담담한 표정으로 낭인검을 그러쥐었다.

그 순간…….

을지추의 손이 아래로 내려쳐졌다.

낑! 깽! 깨개깽!

대체 무슨 소리인가? 꼭 수백, 수천 마리 개들이 동시에 우는 것과 같은 소리가 갑작스레 장내에 퍼져 나간다.

소리가 멈추지 않는다.

타구봉법이란, 그 이름처럼 개를 때려잡기 위해 처음 생긴 무공이다.

개란 것들은 전통적으로 거지들의 동냥에 가장 방해가 되는 것들이었다. 거지들이 구걸한 음식을 빼앗아 먹거나, 심지어는 무리지어 다니며 공격을 가할 때도 있었다.

거지들에게 개란, 필생의 적과 다름없었다.

자연스럽게 개를 두들겨 패면서 봉술이 서서히 기틀을 잡아갔다. 그것이 몇 백 년간 쌓이면서 봉법으로 발전해 갔다. 동시에 개방이라는 단체도 점점 체계화되고 커져 갔다. 그리고 언제부턴가 천하제일방이라는 수식어가 개방 뒤에 항시 따라다니게 되었다.

그때서부터는 개가 아닌, 사람을 때려잡는 무공으로써 타구봉법이 변모해 갔다.

타구봉법은 제 십오대 개방방주였던 구지신개(九指神丐) 홍칠강(洪七康)의 대에 이르러 마침내 그 형과 틀이 완벽히 갖춰졌다.

반(絆), 벽(劈), 전(纏), 착(捉), 도(挑), 인(引), 봉(封), 전(轉)의 여덟 구결.

봉타쌍견(捧打雙犬), 도발구조(挑發狗爪), 사타구배(斜打狗背), 쾌격구둔, 인구입채, 압편구배, 발구조천, 악구난로(惡狗爛路), 당두봉갈(當頭捧喝), 대요천궁(大鬧天宮), 오구탈장(獒口奪杖), 봉도라견(棒途癩犬), 광구견미(狂狗見尾), 풍구난교(風狗亂交), 삼견창식, 안구저두(按狗低頭), 반절구둔(反截狗臀) 등 십칠로 기본초식 그리고…….

타구봉법의 최후 초식.

지금 을지추가 펼치려 하는 바로 그 초식.

천하무구(天下無狗).

천하에 더 이상 개는 존재하지 않는다.

을지추의 타구봉이 바닥에 가만히 붙어 있는 듯한데 이상하게도 소리가 멈추지 않는다. 눈썰미가 극도로 뛰어난 사람이 아니라면 절대 왜 그런지 알 수 없으리라.

동봉수는 흔들림 없는 눈을 가졌다. 그래서 을지추의 타구봉이 지금 어떻게 움직이고 있는지 잘 알고 있었다.

끼기기기낑! 깨개개개개깽!

'진동하고 있는 건가.'

자신의 검이 검신(劍身)을 기준으로 자전한다면, 저건 봉신(棒身)을 기준으로 좌우로 잘게 떨리고 있었다. 그렇기에 저런 소리가 나는 것이었다.

녹옥과 한철이 부딪치면서 나는 소리가 점점 커져 갔다. 그리고 그 소리의 진폭이 점점 짧아져 갔다. 그만큼 진동이 빨라지고 있음이다.

끼이이이이이이이잉—!

어느 때에 이르자 꼭 전기톱으로 쇳조각을 자를 때에 발생하는 소리가 나기 시작했다. 그리고 곧, 그나마도 사라졌다.

초음파의 영역에 들어선 것이다.

그 순간, 타구봉의 끝으로 다시금 녹색의 강기가 쭉 솟아 나왔다.

펑—!

을지추가 서 있던 비무대 주변이 한순간에 와르르 무너져 내렸다.

그것이 공격 신호였다.

파팟.

을지추가 쾌속하게 동봉수를 향해 날아들었다.

*　　*　　*

"저게 무슨 초식이지? 엄청 굉장해 보여……."

하선향이 손에 땀을 쥐며 나직하게 혼잣말을 했다.

그걸 들은 건지 누군가가 대답했다.

"천하무구라는 거야."

하선향이 고개를 옆으로 돌렸다. 말한 사람이 누군지 확인하기 위함이었다.

동봉수를 위해 비워 둔 자리에 어느새 누군가가 와서 앉아 있었다. 그 사람은 생글생글 웃으며 싸움을 관전하고 있었다. 그 모습이 워낙 천진해 보이고 즐거워 보였다. 그래서 그런 것일까? 왠지 모르게 무섭게 보이기도 했다. 착각이겠지?

"촌스러운 이름이지만 제법 그럴싸해, 저거."

"당신은…… 그……?"

"어. 매일 당신네들 맞은편에 있던 그놈 맞아. 정확히는 년인지만."

그녀는 연영하였다.

"……당신 여자였어요?"

"그래, 여자. 뭔 문제 있어?"

뭐, 괴물에게도 성별이 있다면 그게 맞을 거야. 여자.

"그렇게 속이고 천하청비무대회에 참가해도 되는 거예요? 저 사람들이 알게 되면 바로 실격처리 될 텐데요?"

하선향이 손을 들어 곳곳에 서 있는 강호보위단원들을 가리키며 말했다.

연영하가 웃으며 대꾸한다.

"호, 호호호. 실격 처리? 하라지 뭐. 어차피 다 죽을 텐데. 그딴 게 무슨 소용이야?"

"······네? 그게 무슨······?"

"그럼 이번에는 좀 더 빨리 움직여 볼까나? 앞 전 오늘보다 더 재밌을라면 모두들 최대한 쌩쌩한 이때가 낫겠지."

하선향은 연영하가 도무지 무슨 말을 하는 것인지 알 수가 없었다. 하지만 그녀가 미친 것 같지는 않았다. 그냥······ 갑자기 온몸에 소름이 돋는다.

"걱정 마. 나는 재미없는 사람이랑은 잘 안 놀아. 바로 저 앞에 저렇게나 데리고 놀 것들이 많은데, 뭐."

연영하가 북쪽 단과 남쪽 단을 쭉 훑어보면서 입맛을 다셨다. 그녀는 부르르 떠는 하선향을 놔두고 자리에서 일어났다.

"놀이는 진짜 죽여야 놀이지. 저게 뭐하는 짓이야? 장난도 아니고. 안 그래?"

하선향은 아무 대답도 하지 못했다.

연영하는 그 자리에서 손목과 발목을 장난스레 돌리며 놀이 준비를 한다.

어차피 자신이 저리로 가지 않는다면, 자기가 주도적으로 뭔가를 하지 않는다면······ 이 하루도 예정된 대로 흘러갈 것이다. 그래야만 하고, 그래 왔었다.

그 결과를 이미 한 번 목격했다.

지금 비무대 위에서 벌어지고 있는 싸움도 이제 곧 끝이 날 것이다.

을지추의 실력에 맞춰서 싸우던 '귀신 동광천'이 딱 이길 정도의 실력을 더 발휘해서 을지추의 천하무구를 깰 거다. 그다음은 을지추의 항복 선언.

그리고 그렇게 정해진 대로 다음 대전도, 다다음 대전도, 다다다음…….

그렇게 생각하니 더 재미없다.

어차피 내가 이길 싸움이다. 결과를 알고 하는 놀이다. 그것만큼 시시한 게 세상에 또 있겠어?

그래서 더더욱 지금 움직여야겠다.

'그래야 저 귀신이 조금이나마 더 나를 즐겁게 해 주겠지.'

결정된 오늘을 조금이나마 바꿔야 한다. 그렇게 그녀가 움직일 바로 그때였다.

까, 가, 가, 가, 강—!

마침내 을지추의 봉과 동봉수의 검이 다시 맞닥뜨렸다. 단 한 번의 마주침이라고 보기에는 이상하게 분절된 소리였지만, 연영하는 왜 그런지 잘 알고 있었다.

을지추의 봉이 어마어마하게 잘게 떨리고 있는지라, 단 한 번의 충돌이 실제로는 한 번이 아니었던 것이다.

동봉수가 충격을 견디지 못하고 뒤로 튕겨져 나갔다. 을지추가 바로 따라붙으며 공격했다. 동봉수가 다시 뒤로 주르륵 밀려났다.

공격은 계속되었다.

그에 따라 동봉수가 부평초처럼 이리저리 휩쓸려 다녔다. 그나마 동봉수였기에 망정이지 만약 개였다면 이미 온몸의 뼈란 뼈는 모조리 가루가 되었으리라.

하지만 연영하는 이것이 일시적인 우세임을 누구보다도 잘 알고 있었다.

왜 그런지는 정확히 모르나, 저자는 공격을 많이 하면 할수록 세졌다. 연격의 [광분]효과 때문이었지만 그녀가 알 수는 없었다.

천하무구 초식은 그 특성상 빠른 시간 내에 많은 충돌이 있을 수밖에 없었다. 당연히 동봉수는 그만큼 많이 [광분]의 중첩 효과를 받았다.

게다가 동봉수는 아직 그 실력을 다 내보이지도 않았다.

퍼버벙—!

그녀의 기억대로였다. 오래지 않아 동봉수가 을지추를 압도하기 시작했다.

역시 익히 알고 있던 대로 큰 폭음이 터지며 을지추가 급격히 밀려났다.

이제 둘의 공방이 몇 번 더 이어진 후, 을지추가 마침내 피를 뿜으며 뒤로 날아갈 것이다. 그리고는 승부가 갈릴……?!

'응? 뭐지?'

어딘가 이상하다.

왠지 폭음이 '이전 오늘' 때 들었던 것보다 더 큰 것 같고, 폭발의 반경 또한 좀 더 커진 것 같았다.

쾅, 콰콰광—!

맞다!

적녹색의 빛줄기가 제법, 아니 상당히 커졌다.

기억과 달랐다. 이건 아니었다.

아직 자신이 이전과 다르게, 다른 시기에 움직이기 전인데!

이미 뭔가 '앞선 오늘'과 다르게 바뀐 듯하다.

아니다. 이미 바뀌었다. 확실하다.

"어? 어! 어어!!"

동봉수와 을지추가 충돌해서 일으킨 적녹광의 범위가 삽시간에 비무대 전체를 감쌌다. 그리고는 곧 넘어서는 안 되는 범위까지 그 영역을 넓혀 갔다.

"피, 피햇!"

"끄, 끄아악!"

"……!"

현천진인을 비롯한 남단 위에 있던 대부분이 일제히 단에서 내려와 더 남쪽으로 황급히 피했다.

북단에 있던 참가자들도 몇몇을 제외하고는 모두 다 더 북쪽으로 물러났다. 남은 이들은 호신강기나 방어 초식을 펼쳐 적녹강기 폭풍을 견뎌 냈다.

하지만 피하지 못한 반경 오십여 장 내의 대다수 군중

들은 가루가 되어 흩어졌다. 핏물과 현철가루, 석회분 등
이 장내를 자욱하게 뒤덮었다.

그리고,

그 희뿌연 먼지 속을 뚫는 하얗디하얀빛 한줄기. 지독
히도 맑다. 아수라장으로 변한 비무대 주변과는 너무도
다르게 말이다.

"……호, 오호호호호! 바꿨어? 내가 하지도 않았는데,
스스로 오늘을 바꿨어? 진짜로?"

연영하는 분명히 봤다. 이전과 정확히 뭐가 바뀌었는
지를.

"……!"

종지항도 먼지를 뚫고 비무대—이미 그렇게 부르기 어
려울 정도로 파괴되었지만— 위의 대전 상황을 똑똑히
지켜보았다.

동봉수의 새빨간 검이 을지추의 타구봉을 정확히 반으
로 가르고—

을지추의 몸통까지도 절반으로 쪼개고 있었다는걸.

외전 4

싸이코패스의 죽음

絶
世
狂
人

오늘 죽을 것처럼 행동하고, 영원히 살 것처럼 배워라.

— 간디(Mahatma Gandhi), 인도 정치인

*　　*　　*

후욱후욱…….

JP가 바닥났다. 초진기장을 운용할 최소한의 본신(本身) 내력도 바닥났다. 영물 카이지도 이미 죽었다.

그나마 덜 지친 육신만은 아직 그럭저럭 움직인다.

레벨업이 필요하다. 그럴 수만 있다면 다시 제대로 싸울 수 있으리라.

나는 경험치가 될 만한 것을 찾아 두리번거렸다.

있다.

아직은.

하지만 얼마 지나지 않아 이곳에서 살아 움직이는 건 결국 하나만 남게 될 것이다. 죽은 채로 날뛰는 '저것들'은 물론 제외다. 애초에 살아 있지 않았으니까.

왜 그런지는 모르겠으나 '저것들'은 파괴해도 경험치가 전혀 되지 않는다.

흡혈도 되지 않는다. 비단 그뿐만 아니라, 낭인검을 들고 저것들을 공격하면 도리어 체력이 떨어진다. 그 때문에 흡혈 능력을 가진 낭인검은 이미 무용지물이다.

그렇다고 불만이 있는 것은 아니었다. 시스템이 그렇다는데 따질 수 있는 것도 아니지 않은가.

그렇다면 어떻게 해야 하는가? 답은?

나는 그저 낭인검을 장비창 안에 넣었다.

"크아아―!"

잠시간의 소강상태가 끝이 나고 녀석들의 공격이 다시 개시되었다. 걸어 다니는 시체들인지라 지치지도 않는 것 같다.

다가가지 않아도 된다는 점은 어떤 면에서는 좋을 수

도 있겠다. 최소한 걷는 데에 소모되는 체력은 절약할 수 있으니.

나는 시체들 사이에 아무렇게나 굴러다니는 검을 집어 들었다. 그리고는 지체 없이 가장 앞에서 달려드는 녀석의 머리 가운데를 내려쳤다.

퍽하는 둔탁한 소리와 함께 녀석의 대가리가 정수리에서부터 콧잔등 바로 위까지 반으로 쪼개졌다. 그럼에도 녀석의 검이 여전히 내 옆구리를 노리고 휘둘러져 온다.

나는 즉각 검을 놓고 뒤로 물러섰다.

[경공]과 경공을 모두 사용할 수 없는 관계로 그 속도는 참으로 볼품없었다. 하나, 아직 육체의 신속함은 제법이어서, 아슬아슬하게나마 녀석의 검을 피할 수 있었다.

하지만 적은 앞쪽에만 있는 것이 아니었다.

뒤로 피하는 바람에 뒤쪽에서 다가오는 놈들과는 오히려 가까워지고 있었다.

파화확—

자연적으로 회복된 JP 500을 긁어모아 [운기행공]을 사용했다.

[운기행공(運氣行功) Lv.Max 숙련도 : 0%]
단전에 축기된 기를 몸에 분포된 경맥을 통해서 기를 인위적으

로 유도하는 수련법.

시전 시, 일시적으로 공격력과 방어력이 상승한다.

지속시간/쿨타임 : 5/10 (분)

회당 진기 소모 : 500 JP

현재 스킬 보너스 : 공격력/방어력 상승 150%

JP는 다시 0이 된 반면, 공격력과 방어력이 150%씩 올랐다.

나는 물러서는 탄력과 늘어난 공격력을 이용해, 뒤로 돌며 오른 주먹을 휘둘렀다.

뼈억— 우두두둑.

등 쪽으로 접근하던 녀석의 갈비뼈가 모조리 부서지고 그 자리에 커다란 구멍이 생겼다.

그럼에도 녀석은 아무렇지 않은지 입을 쩍 벌리며 내 목을 물어 왔다.

시체 썩은 내와 시궁창에서나 날 법한 냄새가 싸하게 밀려 들어왔다.

나는 개의치 않고 녀석의 입안에 이마를 강하게 들이밀었다.

콰드득. 우수수—

녀석의 이빨이 몽땅 부러졌다.

그것들 중 일부가 내 머리에 틀어박혔다.

뜨끈뜨끈한 피가, 이마에 생긴 치흔을 타고 흘러내렸

다. 그 피가 눈에 들어와 시신경을 자극한다.

퍽.

나는 이미 하관이 완전히 아작 난, 녀석의 입에 왼 주먹을 처박아 넣었다.

녀석의 얼굴이 완전히 조각조각 났고, 그 충격 덕에 가슴을 뚫고 들어갔던 오른손을 뺄 수 있게 되었다.

오른손이 빠지는 순간, 녀석의 것 중 가장 굵은 갈빗대를 뽑아 무자비하게 사방으로 휘둘렀다.

아까 추성 을지추와 싸울 때 봤던 풍구난교(風狗亂交) 초식을 흉내 낸 것이었다.

콱— 콰자작—

주변에 있던 '그것들'의 머리가 추풍낙엽처럼 떨어진다.

하지만 끝이 나지 않는다.

"끄아악—!"

"이 개새끼들아!"

사방 곳곳에서 욕설과 비명이 난무한다.

마치 미친개가 아무 곳에서나 마구잡이로 교미하듯, 처참한 죽음이 도처에 즐비했다.

지상에 재현된 지옥.

그곳이 바로 이곳 무림맹이다.

저 멀리 미친 듯이, 지옥의 주신(主神)이 날뛰고 있었다.

종지항, 팽호류, 을지태, 현천진인, 자도운, 이현궁, 노천 등이 그녀와 대격전을 벌이고 있다.

하늘이 놀라고 땅이 흔들린다.

하나, 그 경천동지할 싸움 속에서도 연영하는 여유가 있었다. 그녀의 시꺼먼 극음천살기가 한 번씩 휘몰아칠 때마다 고수들이 사정없이 사방으로 튕겨져 나간다.

그리고 그럴 때마다 생긴 여유를 이용해, 그녀는 이쪽을 바라본다.

너, 이것밖에 안 돼? 겨우 이 정도였어? 실망인데? 빨리 다시 덤벼. 회복할 시간과 틈도 충분히 줬잖아?

꼭 이렇게 말하는 것만 같았다.

그러거나 말거나 나는 묵묵히 녀석들을 죽이면서 앞으로 나아갔다. 지금 이 상태로는 도저히 그녀를 상대할 수 없었으니까.

나는 '그것들' 속을 헤치고 나가 간신히 살아 있는 한 무리의 생존자들을 발견했다.

지체할 시간이 없다. 나는 그 무리에 뛰어들어 '그것들' 과 함께 그들의 생명을 거뒀다.

조금씩이나마 경험치가 차오른다.

몇몇은 이게 무슨 짓이냐고 따져 물어 왔다.

무슨 짓? 그런 질문이 의미가 있는가?

이미 내게 너희들은 그저 경험치에 불과하다.

다시 몸을 움직여 살육했다.

그곳에 뭉쳐 있던 경험치를 모두 먹는 데에는 긴 시간이 필요치 않았다. 하지만 레벨업까지는 아직 요원했다.

나는 나와 같이 무리 사냥을 하던 놈들을 마저 처리했다. 그러면서 다시 다음 사냥터로 이동했다.

그사이 무림맹주인 현천진인이 연영하에게 죽었다. 그녀의 극음천살기에 온몸이 핏물로 화한 처참한 죽음이었다.

나는 또 다른 사냥감을 찾아 더 빨리 이동했다. 이제 시간이 그리 많지 않다는 걸 잘 알고 있었으니까.

만일을 대비해 스킬 사용은 최대한 자제했다. 자연적으로 조금씩 회복되는 JP를 최대한 모으기 위함이었다.

다음에 마주친 일단의 무리를 또 처리하고 꽤 짭짤한 경험치를 모았다. 하지만 이번에 같이 사냥을 한 강시들은 매우 강력해서 나는 오른손에 치명상을 입었다.

서걱—

망설이지 않고 오른손을 잘라 냈다.

그때 저쪽에서는 팽호류가 목숨을 잃었다.

내 경험치가 쌓일수록 몸의 상처가 늘어났고, 고수들의 수도 기하급수적으로 줄어들었다.

이럴 줄 알았다면 처음 전투가 시작되었을 때 연영하와 싸우지 말고 고수들을 죽였어야 했나? 저들 한 명씩만 잡아도 레벨 한 개 이상씩은 올라갈 텐데.

하나, 이미 그 선택지는 사라졌다.

지금 전투력으로는 저쪽 고수들 중 누구와 붙어도 패한다. 기습도 소용없으리라.

나는 그저 곳곳에 흩어져 전투를 벌이고 있는 강호보위단원들과 무림인들을 잡으며 차근차근 경험치를 쌓아갔다.

*　*　*

이제 없다. 모조리 죽고 죽었다.

아직 경험치 게이지 바가 덜 차올랐는데······.

왼손이 말을 잘 듣지 않는다. 오른손은 아까 전에 잘라냈다. 가만 보니 저쪽 바닥에 아무렇게나 뒹굴뒹굴거린다.

발, 발은 어떤가?

비틀비틀하지만 아직은 쓸 만한 것 같다.

눈에는 어찌나 많은 핏물이 튀었는지 모든 사물이 새빨갛게 보인다.

꼬르륵, 꼬륵.

이 상황에서도 위장은 아우성을 친다.

그래도 아직 사람이라 이건가?

하긴 저쪽 괴물도 어쨌든 인간이긴 한 것 같으니까, 나도 사람이긴 할 테지. 크크크.

나는 웃었다.

얕게 클클거리며 사냥감을 찾아 다시 걸었다. 만 근의 쇳덩이를 짊어진 것처럼 몸이 무거웠지만 계속 움직였다.

후욱후욱…….

주변을 둘러봤다.

바로 몇 시진 전까지만 해도 이곳은 중원 무림의 본산, 무림맹이었다. 하나, 앞으로는 아무도 그렇게 부르지 않으리라.

화려했던 전각은 모두 무너져 내렸고, 은은히 흐르던 자단목향(紫檀木香)과 다향은 온데간데없이 사라졌다.

시체들의 향연에, 썩은 냄새와 혈향이 진동을 한다.

그 속에서 나는 아직 살아 움직인다.

퍼버벅—

내 검이 다시금 움직이기 시작했다.

* * *

쿵—

아직 한 명 남아 있었던가?

옆에 시뻘건 고깃덩이 하나가 날아와 떨어진다.

나는 삐걱이는 고개를 겨우 돌려 고깃덩이를 내려다
봤다.

웅웅─

고깃덩이가 쥐고 있는 검이 이 와중에도 시끄럽게 울
어 젖힌다.

태천강검인가?

그렇다면, 고깃덩이의 정체는 종지항이겠군.

"끄……."

아직 살아 있다.

나는 본능적으로 종지항 쪽으로 걸어가기 시작했
다.

온몸의 뼈란 뼈들은 모두 삐걱이며 그만두라고 소리쳤
지만 멈추지 않았다.

죽을 때까지 죽은 게 아니다. 그래서 나는 멈추지 않는
다.

그것이 나, 동봉수의 본성이고 정체성이다.

타닥.

"재밌어. 재밌어. 재밌다고─!"

저쪽, 무너진 천통전 대들보 위에 연영하가 가볍게 날
아와 앉는다.

나는 슬쩍 한 번 보고는 다시 종지항 쪽으로 한 발 한
발 옮겨 갔다.

연영하는 뭐가 재밌는지 생글거리며 나의 다음 행동을

기다려 준다.

타박, 타박, 타박…….

도착했다.

탁.

종지항의 우수가 내 발을 붙잡는다. 아마도 일어나려는 것일 테지.

하지만 말이야.

지금 나한테 필요한 건…….

콰작.

다 죽어 가는 동료가 아니라…….

"경험치다."

내 검이 뭔가를 말하려는 종지항의 입에 그대로 틀어박혔다.

화아악—

마침내 경험치 게이지 바가 가득 찼다.

레벨업의 성화가, 무너진 무림맹 곳곳에 뻗어 갔다.

종지항은 아직 할 일이 더 있다는 듯 눈을 부릅뜨고 있었다.

나는 그의 눈을 감겨 주며 말했다.

"네 덕분에 다시 싸울 만해졌어. 편안히 쉬어라."

나는 다시 생긴 오른손을 쥐었다 폈다 해 봤다.

뽀드득, 뽀득.

이상 없다.

장비창에 장착되어 있던 낭인검을 다시 꺼냈다. 그리고는 부활한 카이지까지 다시 소환했다.

으르르— 컹, 컹컹!

카이지가 우렁차게 짖었다. 그 방향은 천통전 쪽이다.

나는 고개를 그쪽으로 돌렸다.

폐허.

그리고 그 위에 연영하가 서 있다.

스팟—

나는 조금의 망설임이나 거리낌 없이 그녀에게 달려들었다.

*　　*　　*

영원이라는 말은 우습다.

영원히 살 것이라고 생각하지도 않았다. 내게 죽은 모든 사람들이 그렇듯 나도 언젠가는 죽을 것이다.

모든 죽음은 공평하고 공정하게 찾아온다.

오늘 갑자기 찾아온다고 놀라지 마라. 때가 되었을 뿐이다.

연영하가 이쪽으로 다가오고 있다.

나는 이제 곧 죽는다.

그럼에도 나는 죽지 않으려고 지금도 발버둥을 치고

있었다. 아마도 인간으로서의 본능일 테지.

마지막 남은 힘을 짜내 인벤토리를 열었다. 전투 중 이 것저것 쓸어 담았더니 내부가 엉망이었다.

무기로 쓸 만한 것도 거의 남아 있지 않았다.

나는 웃기 위해 입술을 이죽거렸다. 소리는 없었다.

그때 연영하가 내 앞에 당도했다.

"뭐해?"

친근한 말투.

어찌 들으면 죽마고우끼리의 아침인사처럼 느껴지기도 할 만큼 자연스러운 한마디였다.

나는 주저앉은 그 자세 그대로 말했다. 목소리는 언제 나 그랬듯 낮고 평이했다.

"노력."

"이미 끝났어."

"아직 죽지 않았다."

"이제 죽일 거야."

"그래도 아직은 안 죽지 않았는가."

"호, 호호호호. 그래그래. 역시 이래서 당신이 마음에 들어. 어찌 되었건 오늘은 내가 이겼으니까, 그냥 죽 어."

시꺼먼 기운이 그녀의 몸에서 흘러나와 내 온몸을 감 싼다.

"모든 것은 타고난 거야. 어떤 것도 타고난 굴레를 넘어서지는 못하지. 나도 그렇고, 당신도 그렇고. 당신은 오늘 죽을 운명이었어."

나는 마지막 발악으로 주변에 흩어져 있는 것들을 힘겹게 들었다.

하지만 이미 그것들을 들어 던질 힘은 남아 있지 않았다.

그저 내 의지와 상관없이 인벤토리 안에 잡동사니들만 쌓일 따름이었다. 그런 잡동사니 중에는 아까 잘라 냈던 내 오른손도 있었다.

"뭐, 아직 완전히 끝은 아닐 거야. 천살기가 오늘이 아주 마음에 든 모양이거든. 그리고 나도 당신이 너무나 마음에 들어서 한 번 더 죽이고 싶어졌고 말이지. 물론, 그건 내가 결정하는 건 아니야. 되면 되고 안 되면 또 죽어도 안 되는 거지."

그렇게 나는……

오늘 죽었다.

* * *

네 말대로 오늘이 마지막이 아니라면……

결국 네 목을, 운명이라는 녀석의 목을 비틀어 버릴 테다.

나는 동봉수다.
끝날 때까지 절대 포기란 없는 자다.

「절세광인 6권 계속……」

절세
광인

1판 1쇄 찍음 2014년 10월 13일
1판 1쇄 펴냄 2014년 10월 16일

지은이 | 곤 붕
펴낸이 | 정 필
펴낸곳 | 도서출판 **뿔미디어**

편집장 | 이재권
기획·편집 | 윤영상

출판등록 | 2002년 9월 11일 (제081-1-132호)
주소 | 경기도 부천시 원미구 상동로 117번길 49(상동) 503호 (우)420-861
전화 | 032)651-6513 / 팩스 032)651-6094
E-mail | bbulmedia@hanmail.net
홈페이지 | http://bbulmedia.com

값 8,000원

ISBN 979-11-315-3648-3 04810
ISBN 979-11-315-1159-6 04810 (세트)